고백

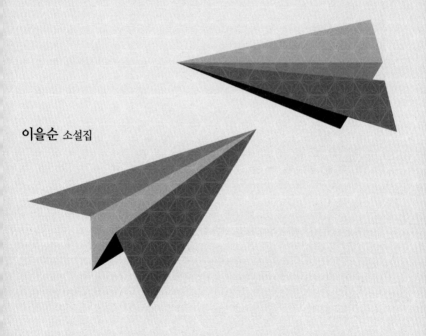

이을순 소설집

그대 돌아오세요
나는 당신을 기다리고 있어요
해가 지고 달이 뜨고
수많은 날들이 흘러도

청어

고백

이을순 소설집

발행처·도서출판 **청어**
발행인·이영철
영 업·이동호
홍 보·천성래
기 획·남기환
편 집·방세화
디자인·이수빈 | 김영은
제작부장·공병한
인 쇄·두리터

등 록·1999년 5월 3일
(제321-3210000251001999000063호)

1판 1쇄 발행·2020년 8월 20일

주소·서울특별시 서초구 남부순환로 365길 8-15 동일빌딩 2층
대표전화·02-586-0477
팩시밀리·0303-0942-0478

홈페이지·www.chungeobook.com
E-mail·ppi20@hanmail.net
ISBN·979-11-5860-874-3(03810)

이 도서의 국립중앙도서관 출판시도서목록(CIP)은 서지정보유통지원시스템 홈페이지
(http://seoji.nl.go.kr)와 국가자료공동목록시스템(http://www.nl.go.kr/kolisnet)에서
이용하실 수 있습니다.(CIP제어번호: CIP2020031493)

이 책은 제주특별자치도 제주문화예술재단의 2020년도 문화예술지원사업의 후원을 받아 발간되었습니다.

고백

꽃이 활짝 피었습니다.
마음에서 피워낸 꽃들을
이제 세상 밖으로 내보냅니다.
비록 화사한 꽃은 아니지만
그래도 잡초 속에 섞여 자란 꽃들이라
그 은은한 향기는 오래 지속될 겁니다.

2020년 노을이 지는 창가에서
이을순

차
례

작가의 말   5

바람새   10

당신의 노래   42

그대와 함께 탱고를   70

고백(중편소설)   100

플로리다에서 온 편지   194

바람새

바람새

대만으로 떠나는 원동항공기는 정확히 12시 12분에 이륙한다. 손목에 찬 시계를 주시하던 나는 불안한 생각이 마음을 휩쓸자 창가를 바라본다. 기이하게도 내 몸이 비현실적인 세계로 실려 가는 듯하다. 그곳에 도착하면 과연 그를 만날 수 있을까. 무너지듯 등받이에 깊숙이 몸을 묻는다. 많이 긴장한 탓인지 아랫배까지 팽팽히 당겨온다.

잔뜩 오므린 손을 살그머니 펴본다. 아직도 약지 손가락에는 1캐럿 다이아몬드반지가 끼워져 있다. 세월이 많이 흘렀음에도 불구하고 다이아몬드는 찬란하게 빛나고 있다. 그토록 익숙한 반지가 오늘따라 왜 이렇게 낯설어 보이는 걸까. 아니, 진즉에 빼버렸어야 할 반지였는지도 모른다. 그런데도 그러질 못했다. 창가에 이마를 붙이며 한껏 깊은 한숨을 토해낸다.

창으로 비스듬히 들어오는 햇살은 얼음 속 칼날처럼 차갑게 빛난다. 저절로 시선이 내리깔렸다. 햇빛에 반사되어 반짝이고 있는 바다에는 고깃배가 파도를 타고 어디론가 떠나가고 있다. 그게 마치 그리운 사람을 찾아 떠나가는 배처럼 보인다. 내가 지금 그 어디엔가 있을 그를 막연히 만나러 가는 것처럼 말이다. 이번엔 그를 만날 수 있을까. 만약 만나면 무슨 말부터 꺼내야 할까. 그동안 당신을 그리워하며 기다려왔다고 말해야 할까. 그러나 나는 부정의 투로 고개를 내젓는다. 한번 떠난 배는 돌아오지 않는 법이다. 설령 돌아온다고 해도 너덜너덜하게 찢긴 상처만이 핏빛 깃발처럼 꽂은 채 돌아올 뿐. 이미 그가 떠난 빈자리엔 얼룩진 상처의 흔적만이 남아 있을 뿐이다. 불온한 지난 상처가 가슴에서 급류처럼 휩쓸고 지나가자 두 눈을 감아 버린다.

일 년 전, 내가 가희의 급한 연락을 받고 고향에 왔을 때, 가희는 대뜸 뜬금없는 말부터 꺼냈다. 언니를 왜 부른 줄 알아? 이제 언니는 돈방석에 앉게 됐어! 나는 그게 대체 무슨 뚱딴지같은 소리냐는 표정으로 가희를 빤히 쳐다보았다. 가희는 연신 싱글벙글거리며 말했다. 언니, 보름 전 친구를 만나러 S호텔 커피숍에 갔는데 거기서 뜻밖에도 그 사람을 만났지 뭐야. 한성필 그 사람 말이야. 처음엔 긴가민가했는데 그쪽에서 먼저 날 알은체를 하는 거야. 순간 정수리에서 발끝까지 신경이 빳빳하게 곤두섰다. 내가 발걸음을 멈추고 너무 놀란 표정으로 가희를 바라보자 가희는 그럴 줄 알았다며 한쪽 눈을 흘겼다. 언니, 내가 이런 사실을 전화할 때 미리 말할 수도 있었는데 굳이 그러고 싶지 않았어! 그러고는 더딘 손길로 핸드백에서 그의 명함을 찾았다. 나는 꿈을 꾸고 있는 건 아닐까, 하고 허벅지를 살짝 꼬집어봤다. 분명 현실이었다. 가희의 손에 그의 명함이 들려져 있는 걸 보자 눈에 섬광이 일면서 심장박동은 급격히 빨라졌다. 그 명함이 내 손에 들어왔을 때 그만 두 눈이 휘둥그레졌다. '한성그룹 회장 한성필'이라고 쓰인 활자가 나로서는 도무지 해독할 수 없는 기호문자처럼 보였다.

누군가 내 어깨를 툭툭 건드린다. 깊은 생각에 잠겨 있던 나는 화들짝 놀라며 고개를 돌린다. 공교롭게 기내에서 만난 여자는 같은 상가 일층 식당 여자다. 여자는 입 언저리를 일그러뜨리며 호들갑을 떨어댄다.

"어머나 자기, 혼자서 여행을 떠나?"

"아, 아뇨. 여행이 아니라….."

내가 당황해하며 끝말을 제대로 잇지 못하고 어정쩡한 태도를 보이자 여자는 금세 무례한 표정으로 냉큼 내 옆 빈 좌석에 앉는다. 그러고는 힐끔힐끔 날 쩨려본다. 나는 애써 불편한 심기를 억누르며 씁쓸하게 웃는다. 설마 하면서도 어쩐지 마음이 켕긴다. 여자는 사립탐정이라도 되듯이 의심에 찬 눈초리로 날 위아래로 쭉 훑어본다. 그 세 치 혀끝에서 독을 뿜어낼 것만 같다. 무슨 말인가 꺼낼까 말까 망설이던 여자의 입이 마침내 열린다.

"자기, 어젯밤에 송 사장 마누라가 응급실로 실려 간 거 알고 있어? 뒤풀이 자리에서 자기가 먼저 나가고 곧장 송 사장이 뒤를 따라갔잖아! 얼마 후 송 사장은 자기 마누라를 데리고 단란주점으로 들어왔어. 그런데 무슨 연유인지 그 여편네가 별안간 맥주를 병째로 벌컥벌컥 들이키더니 그걸 냅다 바닥에 내던지는 게야. 알고 봤더니 자기가 송 사장한테 백여우처럼 살살 꼬리 쳤다면서? 그 일로 야단법석이 났단 말이야. 혹시 자기, 그 위기를 모면해보겠다고 지금 여행을 떠나는 거 아냐?"

뜬금없는 여자의 말에 이게 웬 수작인가 싶었다. 여자의 눈빛에 드러난 이상야릇한 비난이 온통 내게로 쏟아지고 있었다. 털끝만큼도 상대를 배려할 줄 모르는 그 태도에 여간 불쾌한 게 아니다. 여자는 속눈썹을 파르르 떨며 어깨를 바짝 내게 붙인다. 정말이지 영 재수가 없고 밥맛없기는 송 사장이나 여자나 매일반이었다.

그러니까 어제 송 사장은 아무 통고도 없이 급히 상의할 게 있다면서 상가건물 상인들을 일층 식당으로 모이라고 했다. 장사를 끝낸 상인들은 혹시나 임대료를 깎아주지나 않을까 하는 기대심리로 너도나도 모여들었다. 한데 송 사장은 상인들의 기대와는 달리 도리어 임대료 인상에 대한 안건처리를 놓고 이런저런 구실을 내놓았다. 그렇지 않아도 요즘 경기 불황 때문에 자영업자들이 죽을 판국이었다. 이런 상황에서 임대료 인상문제가 거론되자 발끈한 상인들이 너나 할 것 없이 저마다 언성을 높이며 고성이 오갔다. 그때 유독 식당 여자만 입을 앙다문 채 가타부타 말이 없었다. 누군가는 식당 여자와 송 사장이 내연관계라며 뒤에서 수군거렸다. 나는 그런 뜬구름 같은 소문에는 전혀 관심을 두지 않았다. 회의가 어서 빨리 끝나기만을 기다리며 벽에 부착된 거울만 바라보고 있었다. 형광 불빛에 반사된 거울 속의 내 얼굴은 너무나 초췌해 보였다. 꿈과 희망을 모두 상실해버린 공허한 눈에는 허무함만이 가득 차 있었다. 내일 그를 만나러 대만으로 떠난다는 사실조차도 마음을 설레게 하진 못했다. 알 수 없는 부담감만 가중될 뿐이었다. 내가 그에게 해줄 수 있는 게 아무것도 없기에 더 그랬는지도 모른다.

회의는 어떠한 결말도 없이 흐지부지 끝났다. 냉랭한 분위기에서 식사를 마친 상인들의 분위기는 심상치가 않아 보였다. 그걸 간파한 약삭빠른 송 사장은 임대료 인상안건은 취소한다며 바짝 꼬리를 내렸다. 그러고는 상인들을 지하 단란주점으로 데리고 갔다. 나는 내일 떠날 준비를 하기 위해 그 자리에서 빠져나가려고 했다. 그러자 바로 옆에 있던 식당 여자가 냉큼 내 손목을 잡아채곤 잠깐 놀다가 가라며 좀처럼 그 손을 놓아주지 않았다.

　상인들은 술이 들어가자 마이크를 잡고 한 곡조씩 뽑기 시작했다. 나는 맥주를 마시면서 여자의 자질구레한 인생 얘기를 들어주었다. 그렇다고 그 말이 귀에 제대로 들려오지도 않았다. 시끄러운 반주와 노랫소리 때문에 그냥 대충 듣고 고개만 끄덕였다. 그럴 즈음 송 사장의 쏘아보는 눈길이 내게 쏠렸다. 이상야릇한 기분이 들자 여자를 쳐다보았다. 혹시 송 사장이 여자와 놀고 싶은데 내가 눈치도 없이 방해하고 있는 건 아닐까. 그렇지 않아도 방금 여자는 한평생 고달프게 살아온 신세타령을 늘어놓지 않았던가. 나는 재빨리 그 자리에서 일어나려고 했다. 그때 여자가 먼저 손가방을 자리에 그대로 둔 채 잠깐 화장실에 다녀온다면서 자리를 떴다. 그러자마자 송 사장이 쏜살같이 달려와 여자의 빈자리에 앉으며 능글맞게 웃으며 입을 열었다. 이런 자리에서 만나게 돼서 참으로 반가워! 아직 결혼도 하지 않았다면서? 혼자 사는 게 얼마나 외롭고 고독한지 내가 잘 알지! 흠흠! 그러더니 날 위로하듯 어깨를 토닥거렸다. 나는 살짝 몸을 옆으로 비끼며 오만 인상을 찡그렸다. 똥물 한 바가지를 뒤집어쓴 더러운 기분이었다. 마음 같아선 귀싸대기라도 한 대 올려붙이고 싶었다. 때마침 송 사장이 신청한 노래가 흘러나오자 송 사장은 잽싸게 무대로 내달렸다. 나는 얼른 그 자리에서 빠져나와 잠시 주점 통로 벽에 등을 기대었다. 기분이 아주 더럽고 속에서 참을 수 없는 화가 부글부글 끓어올랐다. 당장 송 사장 멱살이라도 잡고 패대기를 치고 싶은 심정이었다. 하지만 내일 비행기를 탈 생각을 하니 그럴 수도 없었다.

무거운 발걸음으로 좁은 통로를 따라 느리게 걸어가고 있을 때 누군가 등 뒤에서 내 허리를 와락 껴안았다. 나는 기겁을 하며 고개를 돌렸다. 황당무계하게도 송 사장이었다. 온통 술기운에 휩싸인 채 가쁜 숨을 헉헉 몰아쉬었다. 그 손을 홱 뿌리치자 송 사장은 특유의 비음이 섞인 말투로 속삭였다. 우리 조용한 곳으로 갈까? 나도 모르게 피식 헛웃음이 나왔다. 부표처럼 떠도는 삶을 산다고 이젠 송 사장까지 날 업신여기고 있었다. 송 사장은 무어라고 웅얼댔으나 그 말이 귀에 들려오지 않았다. 바로 그 순간 검은 실루엣이 섬뜩하니 눈앞에서 바람처럼 휙 스쳤다. 가슴이 덜컹 내려앉았다. 나는 뒷벽에 가 붙었다. 그런데 맞은편 어두운 조명 아래서 음산하게 움직이고 있는 건 다름 아닌 송 사장 마누라였다. 송 사장의 얼굴이 마네킹처럼 차갑게 굳었다. 나는 오히려 잘된 일이라 여기며 고개를 빳빳하게 쳐들곤 두 사람의 일 따윈 안중에도 없다는 듯 당당하게 돌아섰다. 사실 마음만 먹으면 송 사장을 곧바로 성추행범으로 경찰에 고발할 수도 있었다.

내가 출구 계단을 밟고 올라가는데 별안간 야유와 질책이

배어나는 목소리가 날카로운 칼날처럼 사정없이 등에 꽂혀왔다. 왜 그냥 가? 좀 더 놀다 가야 재밌는 거 아냐? 악을 써대듯 소리를 질러대는 송 사장 마누라의 말을 나는 그냥 못 들은 체하고 빠른 걸음으로 그 공간에서 빠져나왔다. 더럽고 추잡한 일에 더는 휘말리고 싶지가 않았다.

깡그리 잊고 싶었던 기억을 여자가 다시 끄집어내게 한 게 불쾌감을 준다. 더구나 송 사장은 치사한 방법으로 값싼 가면을 쓴 채 사실마저 왜곡하고 있다. 상황은 불 보듯 뻔하다. 까딱 잘못하다간 더러운 불똥이 가희한테 튈지도 모른다는 생각이 미치자 나는 어젯밤 일어났던 일을 자초지종 털어놓았다. 여자의 표정이 딱딱하게 굳어진다. 그때 일행으로 보이는 누군가가 여자를 부르자 여자는 기묘하게 일그러진 얼굴로 자리에서 일어난다.

방금까지 두둥실 떠 있던 흰 구름이 삽시간에 사라지고 없다. 창을 통해 밖을 응시하던 나는 왠지 모를 불안감에 휩싸인다. 사방은 온통 시커먼 구름뿐이다. 항공기가 그 중심 궤도를 이탈해 끝없이 펼쳐지는 우주 공간으로 빨려 들어갈 것만 같은 불안한 예감. 그 생각과 동시에 불안감은 현실로 나타난다. 항공기가 갑자기 위태롭게 흔들거리기 시작한다. 그리고 계속해서 이어지는 흔들거림과 윙윙거리는 비행기의 소음. 그게 마치 근원을 알 수 없는 아득한 우주에서 들려오는 저승사자의 출현처럼 느껴진다. 멀미가 나서 속이 매스껍다. 위장에 들어 있는 모든 음식물을 한꺼번에 토해낼 것 같은 구토증이 목구멍으로 왈칵 치밀어 올라온다.

항공기는 불안정한 기류로 인해 본격적인 공중곡예 쇼를 한다. 반복적으로 가슴이 철렁 내려앉으면서 아뜩한 공포가 엄습해온다. 내가 마치 허공에 매달린 가느다란 밧줄을 아슬 아슬하게 부여잡고 있는 듯한 불길함. 생과 사의 간극이 얇은 유리 칸막이로 되어 있고 그 투명한 유리를 뚫고 지나가면 일시에 육체와 영이 따로 분리될 것만 같은 죽음의 공포감. 만약 이런 상황이 계속된다면 어떻게 되는 것일까? 그 물음에 화답이라도 하듯 뒷좌석에 앉은 승객 두 사람의 불안정한 목소리가 들려온다.

"이거 우리가 한꺼번에 합동 분양소에 차려지는 거 아닐까?"

"거 참 재수 없는 소리 좀 하지 말게나."

"염병할! 아무래도 이번 여행 코스를 잘못 잡은 것 같군그래."

"제발 방정맞은 그 입 다물지 못하겠어?"

"제기랄!"

그들의 대화가 저 우주 공간에 떠도는 흰빛 영혼들의 속삭임처럼 들려온다. 정신이 가무러질 것 같다. 기내에 감도는 서늘한 한기 때문에 온몸이 후들후들 떨려오기까지 한다. 눈앞에는 형형색색의 사물들이 퍼즐 조각처럼 떠올랐다가 사방으로 흩어지고 있다.

가희에게 그의 명함을 건네받은 후부터 나는 밤마다 불면증에 시달렸다. 애초에 그 말을 듣지 말았어야 했는지도 모른다. 이제 와 내가 그를 다시 만난다는 게 무슨 의미가 있단 말인가. 나를 떳떳하게 내세울 그 무엇도 없지 않은가. 그렇다고 딱히 할 말이 있는 것도 아니었다. 솔직히 비천한 나를 드러내고 싶지도 않았다. 그런데도 가희는 막무가내였다. 기회가 왔을 때 그 기회를 꼭 잡아야 한다고. 그렇지 않으면 평생 후회하게 될 것이라며 날 다그쳤다. 가희의 등쌀에 못 이겨 나는 결국 그의 휴대폰 번호를 꾹꾹 눌렀다. 신호음이 울리는 동안 나의 의식은 점점 암흑 속으로 매몰되어 가는 듯했다. 여보세요? 누구시죠? 걸쭉한 톤의 목소리가 귓속으로 파고들자 휴대폰을 꼭 쥐고 있던 내 손이 파르르 떨렸다. 잔뜩 긴장한 탓에 숨을 한번 크게 내쉬고서야 겨우 입을 뗄 수 있었다. 저어, 숙, 숙희예요!… 뭐? 숙희라고? 참말 반갑대이. 그래 그동안 우예 살았노? 여태 혼자 살고 있다면서? 와? 와 그랬는데? 이게 다 나 때문이라면서?… 안다, 다 안다. 네가 말하지 않아도 우째 내가 네 맘을 모르겠노. 그건 그렇고 우리 언제 한번 만나야 할 게 아이가? 예전에 약속한 것도 있고 말이야. 아무리 세월이 많이 흘렀어도 사나이 약속은 약속인기라… 아, 약속이라니! 나는 신음을 하듯 중얼거리며 메마른 손등으로 눈두덩을 쓱쓱 문질렀다. 자꾸 눈물이 치솟으려고 했다. 비 갠 후 해안선처럼 흐릿한 그의 모습이 점점 더 또렷하게 눈앞에서 나타났다.

스포츠형 머리에 호남형인 그는 조직폭력배였다. 두목의 오른팔이었고 칼잡이 일인자로 널리 알려진 그야말로 불가사의한 검은 별이었다. 내가 여고를 졸업하고 무작정 서울로 상경해 나이트클럽 쇼걸로 일할 때였다. 나는 반드시 성공하리라는 비장한 각오로 매사 그 일에 임했다. 그 바닥에서 꼭 성공하여 당당히 집으로 돌아갈 작정이었다. 하지만 날이 갈수록 성공할 기미가 좀처럼 보이지 않았다. 춤의 연습량은 많았고 몸은 한없이 고단하기만 했다. 그렇다고 창창한 미래가 보이는 직업도 아니었다. 가난한 집안 살림살이에 금전적인 도움이 되려고 무작정 집을 나온 게 되레 자신을 망가뜨리는 결과만 낳았다. 이러지도 저러지도 못하는 상황에서 계속 일하고 있을 때 느닷없이 각목을 들고 나타난 시커먼 사내들이 순식간에 업소를 아수라장으로 만들어버렸다. 사방에서 비명이 터져 나왔다. 탁자와 의자들이 형편없이 박살이 났고 조명까지도 와장창 깨져 바닥에는 날 선 유리가 천지였다. 얼굴이 시퍼렇게 질린 나는 무대 구석진 곳에서 몸을 벌벌 떨며 웅크리고 있었다. 시커먼 사내들이 달려들어 내 목덜미를 휙 잡아챌 것만 같은 무시무시한 공포감. 그때 누군가 내 팔을 휙 낚아채더니 악을 쓰듯 고함을 질러댔다. 야, 이년아! 여기서 꾸물거리고 있으면 어떡해? 젊은 년 인생을 여기서 종 치고 싶어? 얼떨결에 고개를 들었다. 낯익은 얼굴이었다. 간혹 맨 앞 좌석에서 팔짱을 끼고 다리를 꼬고 앉아 내 공연을 관람하던 그였다. 언젠가 웨이터는 그가 두목의 오른팔이라고 귀띔해 주었다. 그는 온화한 얼굴로 날 일으켜주며 등을 또닥또닥 두드려주었다. 그런 그에게 고맙다는 말을 하고 막 돌아서려는데 그의 후배가 날 뚫어지게 쳐다보았다. 그 눈에 찬기가 서려 섬뜩하게 느껴지자 나는 얼른 고개를 돌려버렸다.

그날 이후 우리는 급속도로 가까워졌고 마침내 동거 생활을 시작하였다. 고아 출신인 그는 생각보다 훨씬 더 과묵했다. 밤늦게 집에 들어오거나 혹은 외박하고 들어올 때면 밖에 있었던 일에 대해선 일체 함구했다. 내겐 무엇보다 그게 커다란 불만이었고 스트레스가 왕창 쌓이는 일이었다. 그럴 때마다 그는 다른 방식으로 내 기분을 확 풀어주었다. 함께 외출할 때면 내가 갖고 싶은 물건을 모조리 사주었다. 지난 생일날에는 다이아몬드 꽃반지를 약지 손가락에 끼워주면서 머지않아 결혼식을 올리자고도 했다. 그 한마디에 그동안 쌓인 불만과 스트레스가 한방에 눈 녹듯이 사르르 녹아내렸다. 하지만 그 행복은 하루살이처럼 너무도 짧았다. 며칠 후 느닷없이 경찰들이 집에 들이닥쳐 그를 찾았다. 그 소식을 접한 후부터 그는 집에 들어오지 않았다. 나는 매일 불안과 초조함의 나날을 보내면서 그가 하루속히 집으로 돌아오기만을 간절히 기다리고 있었다.

두 달하고도 보름이 지났을 무렵, 그는 홍길동처럼 내 앞에 나타났다. 나는 복받쳐 오르는 설움을 주체하지 못하고 오열을 터뜨렸다. 근데 그는 뜻밖의 말을 꺼냈다. 이제 우리 그만 헤어지자! 순간 온몸에서 힘이 쫙 빠져나갔다. 나는 그의 바짓가랑이를 붙잡곤 절대 그럴 수 없다고 단호하게 말했다. 그는 충분한 보상을 해줄 터이니 제발 자기를 놓아달라고 부탁했다. 내가 고개를 절레절레 흔들며 악착같이 매달리자 별안간 그의 눈에서 인광같이 푸른빛의 살기가 번뜩였다. 그러고는 눈 깜짝할 사이에 사정없이 날 바닥으로 와락 떠밀어버리곤 매몰차게 나가버렸다. 벌렁 뒤로 나자빠진 나는 갑자기 아랫배에 극심한 통증을 느끼게 되자 배를 움켜쥐곤 공처럼 데굴데굴 굴렀다. 숨조차 제대로 내쉴 수가 없었다. 금세 아랫도리에선 뻘건 피가 줄줄 흘러내리고 있었다. 유산이었다. 한순간 모든 희망이 사라지자 삶의 의미조차도 부질없게 느껴졌다. 나는 부들부들 떨리는 몸을 간신히 일으켜 욕실로 들어갔다. 그러고는 욕조 안에 물을 가득 받곤 그 안으로 들어가 면도날의 예리한 끝으로 손목을 획 그어댔다.

눈을 떴을 때 링거를 맞으며 병원 침상에 누워 있었다. 죽지 않고 살아 있는 게 기이하기만 했다. 사방을 두리번거렸다. 어찌 된 영문인지 병실에는 그가 아닌 후배가 서성거리고 있었다. 큰 키에 어깨가 턱 벌어진 광대뼈가 유난히 튀어나온 사내의 눈빛은 언제나 섬뜩하리만치 무서웠다. 사내는 난색을 표하며 말했다. 형님 부탁으로 집에 갔는데 형수님이 쓰러져 있더군요. 조금만 늦었어도 큰일 날 뻔했습니다. 지금 형님은 수배 중입니다. 만약 이번에 잡혀 들어가면 무기형 선고를 받을 수도 있습니다. 하지만 빠져나올 방도가 전혀 없는 건 아닙니다. 형님을 좋아하는 아가씨와 결혼만 하면 모든 게 해결됩니다. 그 집안이 막강한 세도가라서요. 얼이 빠진 내게 사내는 아무 감정이 묻어나지 않은 투의 목소리로 다시 말을 이어갔다. 어느 날 아가씨가 지하주차장에서 차를 타려는 순간 괴한들에게 납치를 당할 뻔했습니다. 때마침 그걸 목격한 형님께서 위험을 무릅쓰고 아가씨를 구해주었지요. 그래서 아가씨가 형님을 생명의 은인으로 여기며 줄기차게 따라다녔습니다. 마침내 결혼하자고 졸라댔지요. 그러니까 사실은… 두 사람은 곧 결혼식을 올리게 될 겁니다. 내가 도무지 그 말을 믿을 수 없다고 두 눈을 부릅뜨고 사내를 쏘아보자, 사내는 그들의 웨딩촬영 화보가 담긴 휴대폰 동영상을 내게 보여

주었다.

커다란 충격에 휩싸인 내게 사내는 가까스로 위로했다. 형수님, 어차피 서로 갈 길이 다른 인생이지 않습니까. 대신 제가 형수님 곁에서 무엇이든 도와드릴 테니 아무 염려하지 마십시오. 그제야 내가 그를 붙잡을 명분과 이유가 없다는 것을 깨달았다. 앞길이 훤히 트인 그의 인생에 내가 거추장스러운 짐으로 남는다는 것도 싫었다. 그런데 가족들에게 이런 사실을 어떻게 말해야 할까. 가족들은 내가 그와 결혼 할 줄 알고 있었다. 감당할 수 없는 일이 들이닥치자 나는 사람들의 눈을 피해 멀리 달아나고 싶어졌다. 사내는 내 기분 따윈 상관없다는 듯 일방적으로 침대 모서리에 앉아 내 머리칼을 매만지며 어서 몸이나 빨리 회복하라며 다정한 오빠처럼 말했다. 그 손길이 닿자마자 싸늘한 뱀이 스치고 지나가듯 오싹 소름이 돋았다. 다음날 사내의 감시가 소홀해진 틈을 타 나는 도망치다시피 병실에서 빠져나왔다.

다행히도 항공기는 중정국제공항에 착륙한다. 나는 서둘러 입국수속을 마치고는 공항 로비로 나온다. 하지만 그의 모습이 보이지 않는다. 그 어디에도 날 알아보는 사람조차도 없다. 너무 긴장한 탓일까. 다시금 사방을 두리번거렸지만 마찬가지다. 순간 맥이 딱 풀리면서 사지가 포박을 당한 듯 옴쭉 할 수가 없다. 아, 또 거짓말을 했단 말인가. 내가 한동안 그 자리를 떠나지 못하고 서성거리자 등 뒤에서 여자의 목소리가 들려온다.

"어머, 자기 거기에서 뭐 하고 있는 거야?"

"아아, 이번에는 그 사람이 꼭 나온다고 분명 약속했는데…."

내가 얼굴을 붉히고 말을 잇지 못하자 여자는 그에게 다시 전화를 해보라고 재촉한다. 그러나 아무리 전화해도 그의 핸드폰은 배터리가 방전되었는지 꺼져 있다. 거대한 사막 한가운데 불시착한 참담한 기분이다. 금방이라도 모래폭풍이 소용돌이를 일으키며 단숨에 날 집어삼킬 것만 같은 공포감. 그는 매번 왜 이러는 것일까. 금방이라도 나타날 것 같으면서도 그 모습을 좀처럼 드러내지 않는 이유가 대체 뭐란 말인가. 그런 그의 존재가 마치 세상에 존재하면서도 존재하지 않는 유령처럼 느껴진다. 당황하여 어쩔 줄 몰라 하는 날 잠시 지켜보던 여자는 일행들 쪽으로 가더니 이윽고 다시 내게로 와 미간에 주름을 잡으며 말한다.

"지금 이렇게 꾸물거릴 시간이 없어. 자기도 우리 일행들과 합류하자. 그렇다고 자기가 지금 딱히 갈 곳도 없는 거잖아, 안 그래?"

"……."

이층버스는 짙은 안개를 뚫고 타이베이 시내를 향해 내달리고 있다. 나는 무슨 소중한 물건이라도 놓고 온 사람처럼 고개를 돌리고 또 돌린다. 하지만 날 따라오는 건 서글픈 나의 긴 그림자뿐. 안내자는 고구마처럼 생긴 대만 지도를 버스 한쪽에 걸어놓곤 장광설을 늘어놓는다. 1949년 중국에서 공산당이 승리하자 장제스 장군이 이끄는 국민정부와 그 지지자들은 타이완으로 피해왔다고. 그런 대만과 우리나라가 수교를 맺었는데 노태우 정권 때 그 수교가 단절되었다는 역사적 배경을 설명한다. 내가 여전히 침울한 표정으로 창밖만을 응시하자 여자는 까칠까칠하고 투박한 손으로 내 손등을 감싼다. 따뜻한 촉감이 손등으로 스며들자 그런 여자가 마치 친혈육처럼 느껴진다. 내가 멋쩍은 표정을 짓자 여자는 날 안쓰럽다는 듯이 바라본다.

"너무 가슴 아파하지 마. 살다 보면 별의별 일을 다 겪는 게 우리 인생이잖아. 자기도 가만히 보니까 나만큼 파란만장한 인생을 살았나 봐!"

"저 때문에 괜히… 죄송… 해요."

"이럴 때 서로 돕고 사는 거지 뭐. 참, 아까는 내가 오해해서 미안했어. 남자들한테 배신을 당하는 일이 어디 한두 번이여야지. 사는 게 외롭다 보니 또다시 남자를 만나게 되지 뭐야. 이제 오십을 바라보는 나인데 정신을 차리고 살아야지. 송 사장 같은 인간한테 휘둘리지 않을 거야. 자기도 무슨 사연인지는 잘 모르겠지만 너무 그 사람한테 집착하지 마. 그 사람이 약속장소에 나타나지 않았다는 건 이미 마음에서 떠난 거니까. 그러니 어서 빨리 잊어!"

그 말이 수천 개의 바늘이 되어 심장을 사정없이 찔러댄다. 그 무렵 버스는 대만에서 가장 긴 담수교를 통과하고 있다.

중정기념관 주위에는 대보름 축제를 그대로 재현하듯 오색찬란한 화려한 등들이 주변을 온통 에워싸고 있다. 기념관 안에는 깨알같이 자잘한 글씨로 장개석의 얼굴을 그려놓은 중화민국 건국요항(中華民國 建國要項)이 전시되어 있다. 그가 연설할 때 직접 원고를 쓰고 수정한 진품필체 또한 그대로 보관되어 있다. 그중 무엇보다 시선을 잡아끈 것은 바로 이덕보원(以德報怨)이라는 쓰인 글귀이다. '덕으로 원을 갚는다.' 전쟁이 끝나자 장개석은 일본 포로들을 죽이지 않고 그대로 돌려보냈다고 해서 나온 말이라고 한다. 한마디로 뭐라 표현할 수 없는 미묘한 여운을 남기는 글귀다. 그렇다면 나는 그를 아무런 미움과 원망도 없이 내 안에서 훨훨 떠나보낼 수 있을까.

그날 병실을 빠져나오자 곧장 택시를 잡아타곤 고속 터미널로 향했다. 그를 떠올린다는 것은 커다란 고통이고 끔찍한 비극이었다. 그에게 버림을 받은 게 아니라 내가 그를 놓아줬다고 생각해봐도 자신은 비참하고 초라할 뿐이었다. 거리에는 억수 같은 비가 퍼부어댔다. 마땅히 갈 곳 없는 나는 부산

행 버스에 올라탔다. 빗줄기는 눈물처럼 유리창을 타고 하염없이 흘러내리고 있었다. 나는 멍한 시선으로 그 빗물을 바라보며 염불처럼 읊조렸다. 그를 잊으리라. 가슴에서 죽이리라.

낯선 도시의 삶이 시작되었다. 옷가게 점원, 호프집 주방장, 다방 종업원 등 파란만장한 밑바닥 인생이 파노라마처럼 흘러갔다. 손님들과 시비가 붙으면 안하무인이 되었고, 뭔가 수틀리면 당장 일을 때려치우고 철새처럼 일자리를 찾아 떠돌아다녔다. 그러다가 가난한 고시생을 만났다. 어렵사리 그 뒷바라지를 해줬더니 그는 고시에 합격하자 배은망덕하게도 감쪽같이 자취를 감춰버렸다. 다음에는 사업을 한다는 노총각이 접근했다. 근데 어느 날 생면부지의 여자가 들이닥치더니 눈을 사천왕상의 도끼눈을 뜨고는 와락 내 머리끄덩이를 잡고 늘어졌다. 막무가내로 이년, 저년 상스러운 욕설까지 퍼부어댔다. 나중에 알고 봤더니 그 여자는 어이없게도 총각이라던 사내의 아내였다. 전혀 예기치 못한 상황들이 줄줄이 내 앞을 가로막자 다시금 불쑥불쑥 그가 보고 싶어졌다. 그때마다 손가락에 끼워진 반지를 만지작거렸다. 반지는 그를 기억할 수 있는 유일한 증표였다.

세월은 바람처럼 강물처럼 빠르게 흘러갔다. 나 또한 종업원 생활에서 벗어나 제법 규모가 큰 찻집을 운영하게 되었다. 그때야 고향에 계신 어머니에게 전화했다. 어머니는 죽은 줄 알았던 딸이 멀쩡하게 살아 있다며 기쁨을 감추지 못했다. 그동안 딸의 생사를 알아보려고 소문난 점집은 물론 무당을 불러 굿을 했다고. 무당은 딸이 불귀가 되어 저승도 가지 못한 채 이승에서 떠돌아다닌다고 지껄여댔다며 무당년이 사기꾼이라고 했다. 그리고 얼마 후 가희의 전화를 받았는데 가희는 빨리 집으로 내려오라고 다급하게 말했다.

어둠이 사방으로 내리자 일행들은 타이베이에서 가장 오래된 도교 사원인 용산사 야시장으로 향한다. 그곳에 들어서자 귀신 강시가 관복을 입은 모습이 돋보인다. 일반 사람들은 죽으면 관복을 입는데 그 까닭은 죽어서 관직이라도 하라는 뜻으로 관복을 입힌다고 한다. 저쪽 법당에선 알아들을 수 없는 스님의 법문 소리가 들려온다. 무심코 그 법문에 이끌려 그곳에 가 보니 많은 신도가 두 손을 합장한 채 기도를 올리고 있다. 나도 기다란 향불을 들고 신선 중 가장 큰 신선이라고 불리는 관세음보살 앞에서 머리를 조아리며 무언의 기도를 올린다. 비록 이곳에서 그를 만나지는 못했지만 더는 그를 미워하거나 원망하지도 않겠다고. 하지만 돌아서는 마음은 동짓달에 막 접어든 새벽의 겨울바람이 매섭게 불어온다.

그날 옷가게 일을 끝마치고 나서려는데 그동안 통 연락이 없던 그에게서 전화가 걸려왔다. 술에 잔뜩 취한 그는 정말 미안하다고 사과했다. 그때는 어쩔 수가 없었다고. 갑작스럽게 사업체가 부도나는 바람에 그 뒷수습하랴 아무 정신이 없었다고. 그러면서 그는 대만에서 호텔사업을 하는 후배에게 신세를 지고 있다고 했다. 다른 사업프로젝트를 구상 중인데 그것만 잘 되면 다시 재기할 수 있다고 자랑스럽게 말했다. 그런 중요한 일 때문에 자기는 움직일 수 없으니 대신 내가 대만으로 와줄 수 없느냐고 물어왔다. 나는 차마 그 부탁을 거절할 수가 없었다. 아니 사실 그를 보고 싶어서 가겠다고 말했는지도 모른다.

도원 홀리데이 호텔 룸으로 들어오자 먼저 샤워를 끝낸 여자가 일행들이 모여 있는 곳에 함께 가자고 내게 말한다. 지금 그럴 기분도 아니고 그럴 마음도 없다고 하자 여자는 입술을 일그러뜨린 채 날 흘겨본다. 여자의 굳은 낯빛을 대하자 문득 탑승하기 전 면세점에서 그를 만나면 주려고 샀던 키지갑이 생각난다. 나는 재빠르게 여행용 가방에서 그걸 꺼내 여자에게 내민다. 여자가 짐짓 난처한 표정을 짓는다. 내가 웃음기를 띠며 내민 손이 부끄럽다고 말하자 여자는 마지못한 듯 그 선물을 받는다. 여자가 나가자 나는 소르르 졸음이 왔다.

언제 룸에 들어왔는지 검정 양복을 입은 키가 큰 사내가 어둠 속에서 주위를 두리번거리고 있다. 뭔가를 찾고 있는 듯 사내는 허리를 굽힌 채 더딘 손길로 화장대 서랍 곳곳을 열어본다. 깜짝 놀란 내가 누, 누구야? 소리를 질렀으나 어찌 된 일인지 그 소리가 목구멍에 걸려 입 밖으로 통 나오질 않는다. 위아래 입술이 강력본드로 착 달라 붙어버린 듯하다. 그때 사내가 고개를 휙 돌린다. 나는 그만 소스라치게 놀라며 번쩍 눈을 뜬다.

꿈이다. 사내는 바로 그의 후배다. 서늘한 한기가 등줄기를 타고 흘러내리자 서둘러 그에게 다시 전화를 시도해본다. 하지만 여전히 폰은 꺼져 있다. 나는 와락 머리칼을 움켜쥔다. 대체 그에게 무슨 일이 있는 것일까.

늦은 시각이 되어서야 여자는 곤드레만드레 취한 상태로 돌아온다. 움푹 꺼진 눈자위에 파랗게 핏줄이 어려 있어서인지 그 얼굴이 몹시 피곤해 보인다. 내가 술을 많이 마신 이유를 묻자 여자는 일행 중 누군가와 입씨름을 했다고 투덜거린다. 상대의 여자가 먼저 나와 자기와 동갑 네기인 줄 알았는데 작성된 서류를 보니까 자기보다 내가 두 살 아래였다며 먼저 시비를 걸어왔다고 한다.

"이게 다 울 어머니 탓이지. 동생이 어렸을 때 병으로 죽었는데 글쎄 까막눈인 어머니가 사망신고를 잘못했지 뭐야. 동생이 아닌 날 해버린 거야. 그래서 내가 죽은 동생 호적으로 세상을 살아가고 있는 거야."

한숨을 길게 내쉬는 여자의 눈에서 주르륵 눈물이 흘러내린다. 내가 티슈를 뽑아 건네주자 여자는 눈물을 닦아내곤 다시금 신세타령을 늘어놓는다.

"내 아이가 여섯 살 때 집 앞에서 교통사고를 당해 죽은 것도, 남편이 말없이 집을 나가버린 것도, 이게 다 동생과 뒤바뀐 운명 탓인지도 몰라. 천륜을 저버렸으니 당연한 결과이지 뭐."

그러면서 송 사장에 관해서도 설명한다. 송 사장과는 초등학교 동창인데 동창 모임에서 저절로 가까워진 것이라고. 그는 원래 착실한 농사꾼인데 땅값이 하루아침에 몇 곱절로 뛰어오르는 바람에 졸부가 되면서 바람둥이가 된 것이라고. 평소 바람피운 흔적을 줄줄 흘리고 다녔기에 그날 마누라가 작심한 듯 그 뒤를 밟다가 그 사단이 일어난 것이라고. 이윽고 여자는 졸음을 이기지 못하고 잠에 곯아떨어진다. 나는 잠이 오질 않는다. 숙소가 한적한 곳에 있어서인지 개가 컹컹 짖어대는 소리가 사방에서 들려오고 있다. 바람까지 쌩쌩 불어대자 창문이 덜컹거리고 드리워진 커튼은 스산하게 움직인다. 이불을 머리끝까지 끌어올리곤 몸을 이리저리 뒤척인다. 불길한 꿈 때문일까. 그는 대체 어디에 있을까. 내가 공항에 도착하는 시간을 뻔히 알고 있으면서 왜 나오지 않았을까. 또 무엇 때문에 그랬을까.

가희는 이왕지사 장사할 거면 술장사를 해보라고 했다. 그의 건설현장이 이곳에서 대규모 아파트를 짓고 있으니 그가 반드시 굵직한 손님들을 데리고 올 것이라며 부추겼다. 어쨌든 물씬 양면으로 뒤를 봐준다고 약속했으니 언니는 가만히 앉아서 돈만 긁어모으면 된다고 했다. 내가 집으로 내려온 후부터 가희는 그와 몇 번의 통화를 더 하더니 급기야 아저씨라고 부르던 호칭을 형부라고 대놓고 불렀다. 나는 일찍이 물장사로 잔뼈가 굵은 터라 그깟 술집 가게를 못할 것도 없다고 생각했다. 그래서 서둘러 가게를 계약했고 내부 수리를 비롯한 모든 장사준비까지도 마쳤다. 드디어 오픈 날, 정작 나타나야 할 그가 보이지 않았다. 흔한 화환조차도 보내오지 않은 채 감쪽같이 자취를 감춰버렸다. 뒤늦게 가희는 사기를 당했다며 울고불고 난리를 쳐댔다. 된통 뒤통수를 얻어맞은 나는 그렇다고 차려놓은 가게를 운영하지 않을 수도 없었다. 이미 돈을 주고 데리고 온 아가씨들과 웨이터까지 구해놓은 상태였기 때문이다.

　장사는 나날이 적자를 면치 못했다. 그 판국에 돈까지 받아 챙긴 아가씨가 달아나는 바람에 빚은 금방 산더미처럼 불어났다. 다급한 마음에 몇 장의 카드로 돌려막기를 해본들 그건 밑 빠진 독에 물 붓기였다. 그러자 앙다물었던 입술이 처졌고 눈빛은 초점 없이 흐려졌다. 객지나 다름없는 고향에서 돈을 번다는 것은 사막에서 오아시스를 찾는 격이었다. 가게는 육 개월도 채 넘기지 못한 채 문을 닫고 말았다. 대신 신용불량자라는 볼썽사나운 꼬리표가 날 따라다녔다. 보다 못한 어머니는 조용히 날 부르시더니 여태 당신이 모아둔 뭉 칫돈을 선뜻 내놓았다. 그 덕에 카드빚을 청산했다. 그리고 조금 남은 돈으로 옛 경험을 살려 옷가게를 차렸다. 장사가 그럭저럭 괜찮게 되고 있을 무렵 그에게서 전화가 걸려왔다. 대만으로 와달라는 그의 갑작스러운 부탁을 받고 나는 서둘 러 옷가게를 가희에게 넘겨주었다.

우뚝우뚝 솟아오른 건물들 대부분 우중충해 보인다. 안내 자는 건물들이 비록 겉으로는 허름해도 내부만큼은 아주 탄 탄하게 설계되었다고 한다. 그 장식 또한 매우 화려하다고. 그게 중국인의 외유내강의 정신이라고 한다. 주위를 살펴본 다. 낡고 폭이 좁은 도로에는 승용차보다 자전거가 훨씬 더 많다. 나는 여자 덕분에 졸지에 여행객이 되어 그 일정표에 따라 고궁박물관과 국가유공자 위패를 모신 충열사를 관람 한다. 오후에는 비바람 속에서 야류국립 해상공원으로 가 클 레오파트라의 형상인 사토 앞에서 여자와 함께 사진도 찍는 다. 그런 다음 고지가 높은 양명산을 너머 천연의 노천탕에 서 유황 온천욕도 즐기면서 그동안의 마음을 비우려고 애써 본다. 돌이켜보면 그를 다시 만나야 할 이유도 없었다. 그런 도 나는 미련스럽게 꺼져가는 등불의 심지를 잡으려는 심정으로 안간힘을 쓰며 그의 존재에 매달렸다.

일행들이 사진 촬영을 하고 있을 때 가로수로 심어진 백천충나무 껍질을 벗겨본다. 껍질을 벗겨도 계속 벗겨진다고 해서 백천충나무라고 불리게 되었다고 한다. 그것을 벗겨보는 동안 지난 과거를 벗겨내고 있는 듯하다. 하지만 아무리 껍질을 벗겨봐도 나는 나이고, 그는 그 일 수밖에 없다. 서로 다른 삶이라는 게 그토록 슬프게 느껴질 수가 없다. 이제 내겐 그 어떠한 꿈도 희망도 존재하지 않는다. 하지만 그는 새로운 사업프로젝트로 다시 일어설 수 있는 꿈과 희망이 있다.

고개를 들어 잿빛 하늘을 올려다본다. 장개석 총통은 중국에서 대만으로 피난 올 때 수많은 보물과 황금 이백팔십 톤을 배에 실어 갖고 왔다. 황금을 외국에 담보로 맡겨서 대만에 은행을 세웠고 그게 대만을 일으키는데 커다란 자원이 되었다. 그렇다면 그는 무엇을 갖고 새로운 사업을 일으킬 것인가. 그동안 쌓인 피로가 한꺼번에 밀려오자 눈꺼풀이 무겁게 내려앉는다.

다음날, 나는 일행들과 함께 자강호 열차를 탄다. 열차가 대만 동부에 있는 화련에 도착하자 태로각 협곡으로 향한다. 그곳엔 장춘사가 있고 구곡동과 연자구가 있다. 양편으로 갈라진 거대한 대리석 산들은 끝없이 이어져 있다. 웅장하고 장엄한 자연의 풍광은 신이 만들어놓은 또 하나의 비현실적인 세상처럼 보인다. 그곳을 통과하는 좁은 인도는 아주 절묘한 예술품이다. 수많은 군인이 중장비도 없이 삽과 곡괭이로만 산을 깎아서 만들었다고 한다. 장개석은 자기를 따르던 군인들에게 사기를 친 것이다. 도무지 통일할 수 없는 중국을 대체 무슨 속셈으로 통일하겠다고 장담하였는가. 그날이 오기만을 목이 빠지도록 기다렸던 군인들은 뒤늦게 그게 헛된 꿈이라는 걸 깨닫고 그만 실의와 무력감에 빠져들고 말았다. 장개석은 그들의 의식을 다른 곳으로 돌려놓기 위해 거대한 프로젝트를 개발했다. 그 때문에 수많은 군인이 희생되었다. 그 당시 희생자의 위패가 장춘사에 모셔져 있다. 그런 사실을 알게 되자 계곡에서 흘러내리는 혼탁한 석회질 물이 마치 희생자들의 피와 눈물과 땀처럼 느껴진다. 또한, 연자구 주변 암석 곳곳에 뚫려있는 자연적인 굴은 제비가 사는 곳이 아니라 그 영혼들이 그룹별로 모여 사는 공간처럼 보이기도 한다.

무심코 고개를 돌리자 저쪽 암벽에 꽃을 활짝 피운 백합이 낙숫물로 바위를 뚫듯 그 뿌리를 깊이 내리고 있다. 어떻게 저토록 위태로운 곳에서 생명을 유지하며 꽃을 피울 수 있을까. 악착같이 살아남아 뿌리를 내리고 꽃까지 피워내는 자연의 생명을 보자 나도 저토록 강인하게 세상을 살아가고 싶어진다. 더 늦기 전에 뒤를 돌아보는 인생이 아니라, 다시 꿈을 꿀 수 있는 삶. 그런 생각이 활기찬 에너지가 되어 내면에서 충만감으로 가득 차오른다. 나는 황급히 돌아서서 부리나케 일행들 앞에 서본다. 낯선 나라에서 허망하게 스러질 수 없다고 자신에게 각인시킨다.

잠시 후, 버스가 정차해 있는 곳으로 돌아오자 키가 크고 반백의 머리칼의 사내가 주변을 서성거리고 있다. 알듯 모를 듯한 얼굴이다. 하지만 얼핏 어디선가 본 듯한 사내의 윤곽. 순간 주춤 놀라며 한 발 뒤로 물러선다. 바로 그의 후배다. 병실에서 날 간호했던 사내가 아니던가. 정신이 아뜩해진다. 무슨 일일까. 무엇 때문에 여기까지 온 것일까. 혹시 그가 심부름을 보낸 건 아닐까. 흘낏흘낏 후배의 동태를 살피던 나는 조증이 나서 견딜 수가 없다. 뒤늦게 날 찾아낸 사내가 내게 깍듯이 예의를 갖추며 인사한다.

"긴히 드릴 말씀이 있습니다. 당신을 찾으려고 얼마나 헤맸는지 모릅니다. 호텔투숙객 명단까지 모조리 뒤져보았을 정도니까요."

그때 여자가 다가오더니 한쪽 눈을 찡긋하며 나중에 호텔에서 만나자고 손짓으로 신호를 보내곤 버스에 올라탄다. 일행들을 태운 버스가 저만치 사라지자 돌연, 사내의 입가에 비루한 웃음이 번진다.

"우리 인연도 참으로 깊군그래. 이렇게라도 널 다시 만날 수 있다니. 흐흐흐. 처음부터 널 사랑한 건 그 새끼가 아니라 바로 나였어. 그런데 그날 업소에서 그 새끼가 먼저 널 잽싸게 낚아채더군."

"대체 저한테 왜 이러시는 거죠? 그 사람은 어디에 있어요?"

"죽었어! 널 공항에서 만나기로 한 바로 그날 피습을 당했어."

"뭐, 뭐라고? 그, 그럼, 당, 당신이 죽인 거야?"

"뭘 그리 놀래? 너도 그 새끼한테 무참히 버려졌잖아! 이제 모든 게임은 끝났어. 내가 조직의 보스가 되었단 말이야. 그 기념으로 널 나의 화려한 만찬에 초대하려고 이렇게 모시러 왔지."

"배신자! 피도 눈물도 없는 잔인한 살인자! 네가 어떻게 그럴 수가 있어?"

"대체 그놈이 너한테 뭘 해줬다고 아직도 미련을 버리지 못하는 건데? 앞으론 내가 그 새끼가 못 해준 거까지 다 해줄 테니까 어서 내 차에 올라타?"

"천만에! 난 결코 당신을 따라가는 일 따윈 없을 거야."

순간 사내의 얼굴이 험악하게 일그러지더니 이내 그 커다란 두 손이 내 목을 움켜쥐곤 바짝 조인다.

"흐흐흐, 널 가질 수 없다면 차라리 죽여 버리겠어!"

사내의 두 손이 점점 목 안으로 깊이 파고들자 숨통이 꽉 막혀오면서 의식도 흐릿해진다. 그가 없는 세상이라면 내가 굳이 살아갈 이유도 없다. 나는 모든 걸 체념하고 두 눈을 감은 채 그 어떤 미동도 하지 않았다. 어디선가 무더기로 피어나는 흰빛이 내 쪽으로 빠르게 다가온다. 그 기운에 막 빨려 들어가려는 순간 사내의 두 손이 스르륵 풀린다.

　나는 꽉 막혔던 숨을 한꺼번에 토해내면 땅바닥에 털썩 주저앉는다. 사내는 뒤도 돌아보지 않은 채 검은 벤츠에 올라타곤 자동차 경주 선수처럼 초 스피드로 차를 몰며 내달린다. 금세 비포장도로의 뽀얀 먼지가 회오리바람을 일으키며 허공으로 흩어진다. 그 틈으로 새의 형체가 항공기처럼 빠르게 하늘로 향한다. 나는 넋을 잃고 저 높다란 하늘에서 두어 바퀴 원을 그리며 배회하다 사라지는 바람새를 바라보고 또 바라본다.

당신의 노래

당신의 노래

사이판 국제공항에 도착하자 어느새 사방은 캄캄한 어둠으로 뒤덮여 있다. 드문드문 켜진 빌딩의 네온 불빛만이 도심을 밝히고 있을 뿐. 가장 먼저 내 귀에 들려온 언어는 Hafa adai(하파다이: 안녕하세요)이다. 어머니는 헐벗은 나뭇가지처럼 쓸쓸하고 침울한 표정으로 누군가를 찾는 듯 주위를 두리번거린다. 아마도 아버지가 생각난 모양이다. 유난히 검은 피부에 눈은 커다랗고 앞머리는 약간 곱슬머리인 아버지. 나는 핸드백 속에 들어있는 아버지의 반지를 떠올리며 침묵 속에서 아버지, 하고 억눌린 비명처럼 불러본다.

오랜 세월을 장돌뱅이로 살아온 아버지는 장을 파하고 집으로 돌아올 때면 으레 폭음을 일삼았다. 그리고 언제나 그랬듯이 당신의 젊은 날 이루지 못한 꿈을 한탄했다. 그 당시 세상을 잘못 만날 걸 몹시 원망하면서 죽기 전에 꼭 한번 사이판에 다녀와야 한다고 입버릇처럼 말했다. 그럴 때면 어머니의 푸르게 질린 입술이 파르르 떨렸다. 그놈의 조동아리를 또 놀리고 있네! 제발 술 처먹었으면 주책을 떨지 말고 곱게 잠이나 자란 말이여! 사이판에 황금이라도 묻어뒀소?

잠시 멍한 시선으로 허공을 바라보던 어머니는 쓸쓸하게 웃으며 땅이 꺼질 듯 탄식을 자아낸다.

"못된 영감태기, 나더러 혼자 어찌 살라고 그렇게 무정하게 떠났을꼬."

어머니의 폐광처럼 공허한 눈에는 아버지의 검은 그림자가 어른거린다. 죽음은 누구에게나 피해갈 수 없는 인간의 최대 적이다. 머지않아 어머니 또한 아버지 뒤를 따르게 될 것이다. 얼핏 그 생각이 스치자 인생이 더없이 서글퍼지면서 가슴 깊숙이 억눌려 있던 슬픔이 위액처럼 역류해 올라온다.

비단 아버지 때문만은 아니다. 어쩌면 그 사람 때문인지도 모른다. 벌써 끝냈어야 할 부부라는 인연을 내가 간신히 붙들고 있는 격이 되고 말았으니 말이다. 가슴에 삭풍처럼 자리 잡고 있던 지난 아픔들이 선명한 자각으로 떠오른다.

두 해 전, 그는 잘 다니던 회사를 그만두고 별안간 캐나다로 떠났다. 그곳에서 자신이 하는 일과 관련된 사업을 해보겠다고 했다. 결혼 오 년째에 접어든 나로서는 그를 굳이 붙잡고 싶지 않았다. 오히려 서로 좀 떨어져 지내는 편이 더 좋을 수도 있다고 여겼다. 권태기에서 벗어나려면 얼마 동안만이라도 헤어져서 각자의 삶을 누려보는 것도 나쁘지 않을 것 같았기 때문이다.

그가 캐나다로 떠나고 육 개월이 좀 지났을 무렵 전화가 걸려왔다. 내가 반가운 목소리로 안부를 묻자 그는 조심스럽게 이혼하자는 말부터 꺼냈다. 아무래도 성격 차이 때문에 더는 나와 같이 살 수 없을 것 같다면서. 사정없이 배신의 칼날이 등에 꽂히자 분노와 절망이 격류가 되어 휘돌았다. 이성을 잃은 나는 고함을 질러댔다. 야, 나쁜 놈아! 네가 어떻게 그럴 수 있어? 처자식을 함부로 버리겠다고? 너 같은 놈은 천벌을 받을 거야! 그러고는 갖은 협박과 위협을 하면서 어떻게든 그 마음을 돌려보려고 했다. 하지만 그의 결심은 요지부동했다.

　나는 어머니 손을 꼭 잡곤 입국 수속을 받기 위해 여행자들이 서 있는 맨 끝으로 가 줄을 선다. 어머니는 피곤한 안색으로 캐리어 가방 위에 엉덩이를 반쯤 걸치고는 게슴츠레한 눈으로 나를 바라본다. 문득 가슴에 쓰라림이 몰려오면서 심장을 죄어오는 통증을 느낀다. 앙상한 뼈와 가죽만 남은 어머니가 그토록 안쓰러울 수가 없다.

　그러고 보니 짝을 잃은 외기러기 신세는 어머니나 나나 마찬가지다. 아니다. 어머니와 나의 처지는 엄연히 다르다. 어머니는 아버지의 흔적을 밟으려고 사이판에 온 게 아닌가. 하지만 나는 가슴에 찌꺼기처럼 남아 있는 그의 흔적을 말끔히 지워버리려고 이곳에 온 것이다. 남남끼리 만나 부부가 된 인연을 이참에 가슴에서 모질게 끊어버리려고 말이다.

지난 일들이 깊은 상실감에 빠져들게 하자 나는 고개를 내저으며 어머니를 말끄러미 바라본다. 어머니의 어깨가 이따금 호흡에 맞추어 아래위로 움직인다. 어머니는 시선을 허공으로 내던지며 푸념처럼 말한다.

　"사람이 죽기 전에 가슴에 맺힌 한을 풀고 싶다는 걸 왜 진즉에 몰랐을까. 그려, 그래서 네 아버지만 생각하면 지금도 가슴이 찢어지게 아픈 겨."

　뒤늦게 어머니가 당신의 지난 행동을 뉘우치자 송곳으로 가슴을 뚫듯이 심한 고통이 찾아온다.

　일 년 전, 꽃피는 봄날을 그토록 기다렸던 아버지는 앞마당의 잔디가 파릇파릇해지면 당신의 건강 또한 그렇게 회복될 거라 굳게 믿고 있었다. 희망이 없는 생명인데도 아버지는 그 희망을 애타게 가슴에 품으면서 따뜻한 봄날만을 기다렸다. 간헐적으로 위의 통증이 찾아오면 그 통증을 잊으려고 어머니와 화투를 쳤고, 해가 떨어질 무렵이면 언제나 버릇처럼 격자무늬 창을 열고는 살짝 머리를 기울인 채 마냥 사이판을 그리워했다.

　그런 아버지를 매일 지켜본다는 건 내겐 여간 고통스러운 고문이 아닐 수 없었다. 그렇다고 언제까지나 침묵만 지킬 수도 없는 노릇이었다. 아버지가 세상과 이별을 할 수 있는 마지막 마음 정리를 할 시간을 드리는 게 자식 된 도리인 성싶었다. 그래서 내가 먼저 그토록 무거운 침묵을 깨고 말았다. 아버지, 이젠 마음을 다 비우세요. 아버진 치료 불가능한 위암 말기래요. 아버지는 낯빛이 하얗게 변했다. 믿을 수 없다고, 도무지 내 말을 믿을 수 없다는 듯이 천천히 고개를 가로저었다. 감당할 수 없는 고통이 나를 압도했다. 나는 부들부들 떨고 있는 아버지 손을 꼭 잡아주었다. 요즘은 유서도 미리 쓰고, 다가올 죽음을 어떻게 맞이할 것인가를 놓고 많은 사람이 죽음 준비 강의를 듣는다는 말로 아버지를 위로했다. 하지만 그 후 아버지의 병환은 급속도로 악화가 되었다. 예전처럼 어머니와 화투를 치려고 하지도 않았다. 종일 방에 웅크리고 앉아 생명이 없는 무생물처럼 입을 굳게 다물어버렸다. 텅 빈 눈은 창 너머 먼 산을 넋 놓고 하염없이 바라보고 있을 뿐이었다.

어머니는 그런 아버지를 위해 어디선가 커다란 가물치를 구해와 그걸 찜통에 집어넣곤 가스 불에 올려놓았다. 뜨거운 열이 점점 가열되자 가물치는 필사적으로 몸부림을 쳤다. 그 바람에 뚜껑이 열리자 어머니는 씩씩거리며 두 팔을 걷곤 식탁 의자에 올라가 우악스럽게 오른발로 찜통 뚜껑을 꽉 짓누르며 중얼거렸다. 그려, 바로 그 엄청난 힘이 보약이 되는 겨.

어머니의 뒷모습을 말없이 지켜보던 아버지는 내가 약을 챙겨드리자 내 쪽으로 고개를 돌리며 쓸쓸하게 웃었다. 내가 아버지의 차디찬 손을 잡아주자 아버지는 뜻밖의 말을 불쑥 꺼냈다. 정서방은 언제 돌아온다고 하냐? 강한 통증이 뒷골을 호되게 내리쳤다. 우리의 전후 사정을 전혀 모르는 아버지는 아직도 그가 돌아오기만을 기다리고 있었다. 창가에는 핏빛 노을이 짙게 드리워져 있었다. 아버지, 정서방은 그쪽 일이 너무 바빠서 빨리 돌아올 수가 없대요. 으음, 그렇구나. 죽기 전에 정서방 얼굴을 좀 봤으면 했는데…. 아무튼 서로 싸우지 말고 사랑으로 보듬으며 잘 살아야 한다, 알겠냐? 걱정하지 마세요. 잘 살게요.

어느덧 앞마당에 잔디가 파릇파릇 새순이 돋아 오르기 시작했다. 그동안 아버지는 좀처럼 먹을 것을 목구멍으로 넘기지 못한 탓에 피골이 상접할 정도로 몸이 비쩍 말랐다. 한참 동안 새파란 잔디를 바라보던 아버지는 어머니를 손짓으로 불렀다. 부엌에서 설거지하던 어머니가 부리나케 달려와 아버지 앞에 앉았다. 아버지는 말라 쭈그러진 손으로 어머니의 두 손을 잡고는 마치 마지막 유언처럼 말했다. 내가 임자를 너무 고생시켰어! 그렇다고 날 원망하지는 말게나. 어쩌겠나, 그게 우리 운명이고 인생인걸! 그러고는 등을 돌리곤 장롱 속에서 뒤적거리며 뭔가를 찾았다. 아버지가 꺼낸 건 신문지로 돌돌 말린 물건이었다. 아버지는 그걸 어머니에게 건네주자 어머니는 약간 긴장된 낯빛으로 신문지를 벗겨냈다. 뜻밖에도 그

안에서 배춧잎 같은 푸른 만 원짜리 지폐 두 다발이 나왔다. 어머니의 눈에 금세 물기가 가득 고였다. 아버지는 어머니 손등을 어루만지며 속삭이듯이 말했다. 혹여 내 병이 낫게 되면 사이판에 가볼까 해서 그간 임자 몰래 푼푼이 모아 놓은 돈일세. 이제 나는 그곳에 갈 수 없는 몸이 되었으니 나중에라도 임자가 나를 대신해서 꼭 한번 다녀와! 이어 날 부르더니 당신의 손가락에 끼워진 반지를 잠깐 내려다보곤 그걸 빼서 내 손안에 건네며 숨이 끊어질 듯 말듯 말했다. 이 못난 아비가 너한테 줄 거라곤 이 반지밖에 없구나. 금반지 중앙에는 적당한 크기의 다이아몬드 문양이 박혀 있었다. 눈물이 핑 돌았다. 만약 그때 내가 위암 말기라는 병명을 말하지 않았더라면 아버진 더 오래 살지 않았을까. 때늦은 후회의 눈물이 마냥 볼을 타고 흘러내렸다. 그리고 그날 밤 자정이 다가올 무렵 아버지는 숨을 거두었다.

"서현아, 저기 밤하늘을 좀 봐라! 참으로 아름답구나. 마치 신이 조화를 부리고 있는 것 같지 뭐냐"

나는 숙소에서 가방 안의 짐을 정리하다 말고 어머니가 서 있는 발코니로 나가본다. 하늘에는 둥근달이 둥둥 떠 있고 흰 뭉게구름이 한 무더기 탐스럽게 피어오르고 있다. 분명 밤인데도 대낮처럼 환하게 보이는 기이한 현상이 낯선 나라 하늘에서 그림처럼 펼쳐진다. 내가 대자연이 마술을 부리는 듯

한 아름다운 밤 풍경에 흠뻑 빠져들 무렵 어디선가 날 부르는 아버지의 목소리가 들려온다. 주위를 두리번거리며 머리를 갸웃 기울어본다. 그러자 그토록 신비스러운 밤하늘에서 일제 강점기에 강제징용으로 끌려갔던 수많은 사람의 처참했던 모습들이 어른거린다. 불꽃 튀는 참혹한 전쟁터와 다발적으로 들려오는 총성 소리, 아비규환의 피바다와 인간 마루타의 해부장면들, 그리고 꽃다운 나이에 끌려간 수많은 위안부의 처절한 절규의 몸부림. 그게 마치 영화 속의 장면처럼 일시에 나타났다가 금세 사라진다.

그렇다. 아버지는 바로 그 시대를 만났고 바로 이곳 사이판에서 태평양전쟁 중에 진지 구축작업을 하다가 미군 포로로 잡혀갔다. 그 후 1946년에 한국으로 귀국한 것이다.

다음날 날이 환하게 밝아오자 나는 서둘러 어머니를 모시고 사이판 최북단에 있는 80미터 높이의 만세 절벽으로 가본다. 당시 일본인들은 일왕의 명령에 따라 미군의 포로가 되지 않으려고 자기들은 물론 수많은 한국인까지도 절벽 아래로 떠밀어버렸다. 그곳에 쌓인 시체만 해도 100미터 정도의 높이라고 한다. 나는 언젠가 아버지가 들려준 말을 떠올리며 본능적인 경계심으로 엄지손가락 모양의 충혼비를 쳐다본다.

"미친놈들 지랄하고 자빠졌네. 뭐, 일본이 최고라고 이런 비까지 세워?"

난데없는 욕설이 귓속으로 파고들자 얼른 고개를 돌린다. 아주 세련되고 곱게 늙은 할머니 한 분이 내 뒤에 서 있다. 짧은 파마머리에 무테안경을 쓰고 물색 생활한복을 입은 할머니는 샐쭉 눈까지 흘기며 흥분한다. 어머니도 이맛살을 가운데로 모으며 핏대를 세워 목소리를 높인다.

"그 당시 나는 신의주에 있는 공장에서 군복 만드는 일을 하고 있어서 천만다행으로 그 화를 면할 수 있었지. 그렇지만 동네 처자들과 친구들은 위안부로 끌려갔지 뭐냐. 아직도 그 불쌍한 영혼들이 저 하늘에 떠돌고 있는 것 같아서 몹시 마음이 아프구나."

어머니의 입술이 미세하게 떨린다. 충혼비 이면에는 강제징용으로 남태평양에 끌려가 억울하게 죽은 3천명의 영혼들이 아직도 서럽게 울어대고 있었다. 그렇다면 아버지는 이곳에서 당신이 겪었던 고통의 세월을 몸소 느껴보고 싶었단 말인가. 그래서 그토록 사이판에 가려고 했을까. 우두커니 서 있던 할머니가 침울한 표정으로 돌아서서 잰걸음으로 저쪽으로 가자 어머니의 말은 계속 이어진다.

"아마도 네 아버진 이곳에서 그 여편네 흔적을 찾고 싶었는지도 몰라. 뒤늦게라도 용서를 구하고 싶었을 테지. 그 여편네가 그렇게 된 건 순전히 당신 탓이라고 한탄스럽게 말했으니까."

그 말을 듣는 순간 아버지가 임종 며칠 전에 잠깐 그 여자의 말을 꺼낸 게 얼핏 뇌리에 떠오른다. 나는 민망한 표정을 지으며 맨발에 샌들을 꿰어 신은 발만 내려다본다. 어머니는 기분이 상했는지 황황히 좌우를 살피고는 내 팔을 잡아끌면서 빨리 다른 곳으로 가보자고 재촉한다.

　우리는 늦은 점심을 한 후 사이판 북부 마피산 부근에 세워진 위령탑으로 향한다. 그곳 탑은 푸른 바다 너머 한국을 정면으로 바라보고 있다. 5대양 6대주를 누비고 있는 한국인의 기상을 기리는 5각 6층의 기단과, 5천년 역사와 6천만 민족을 상징하는 5각 6미터 높이의 탑신이다. 그때 공교롭게도 충혼비에서 만났던 할머니가 내 쪽으로 다가오며 반가운 듯 자상하게 웃으며 말을 걸어온다.

　"여기에서도 우리가 또 만나는구려. 한데 어디선가 본 듯한 얼굴인데… 혹시 새댁은 날 모르겠수?"

　물론 할머니의 남다른 기품이 내 눈길을 끌었던 것은 사실이다. 하지만 나는 그 어디에서도 할머니를 본 기억이라곤 전혀 없다. 내가 고개를 가로젓자 할머니는 마른 입맛을 다시며 미간을 약간 찌푸린다. 그리고 이내 아버지 고향이 어디냐고 조심스럽게 물어온다. 갑작스러운 할머니의 생뚱맞은 질문에 내가 의아한 표정을 짓는다. 입장이 여간 난처한 게 아니다.

　"할머니, 왜 저한테 그런 걸 물으세요? 혹시 절 아세요?"

"아뇨, 아뇨. 이 늙은이가 그만 쓸데없는 말을 지껄였구면."

할머니는 당황한 표정을 지으며 뭔가 더 말을 하려다 말고 돌아서 간다. 뒷모습이 쓸쓸해 보이는 할머니를 물끄러미 바라보고 있자 퍼뜩 아버지가 찾는 분이 저 할머니는 아닐까, 라는 직감적인 생각이 머릿속을 스친다.

아버지는 한밤중에 몽유병 환자처럼 집안을 홀홀 돌아다녔다. 그러다가 내 방으로 들어와 잠을 자는 날 흔들어 깨웠다. 깜짝 놀란 나는 하마터면 악, 하고 비명을 지를 뻔했다. 어둠 속에서 본 아버지는 흡사 유령처럼 보였기 때문이다. 재빨리 불을 밝히고는 아버지, 또 통증이 심해요? 진통제를 드릴까요? 하고 묻자 아버지는 약은 필요 없다고 했다. 그 표정이 여느 때와는 달리 환하게 웃고 있었다. 서현아, 지금 대문밖에 귀한 손님들이 왔구나. 나와 함께 징용으로 끌려갔던 동료들이야. 그들이 춥고 배가 고프다는데 집으로 들어오라고 하면 안 될까? 참, 그 여자도 왔단다. 내가 찾고 싶었던 그 여자 말이야. 저 봐라, 날 보고 빙그레 웃고 있잖니! 아버지는 그렇게 횡설수설했고 임종을 앞둔 탓인지 헛것까지 보고 있었다.

나는 서둘러 걸어서 몇 걸음 앞서가는 할머니를 불러 세우곤 그 앞으로 가 두 손을 맞잡으며 공손한 태도로 입을 뗀다.

"할머니, 혹시 찾는 사람이라도 있나요?"

"아, 아냐. 그냥 물어본 게지 뭐. 어쩐지 새댁이 낯이 익어

보여서 말이오."

그 무렵 어머니가 무슨 일이냐며 내 쪽으로 다가오자 할머니는 어머니를 흘끔흘끔 쳐다보곤 황급히 그 자리를 떠난다. 어머니는 의아해하면서 고개를 가로젓는다. 아무래도 저 할망구 행동이 뭔가 수상쩍다며 볼멘소리로 투덜거린다. 그러고는 대뜸 엉뚱한 소리를 꺼낸다.

"넌 정말 혼자 살 작정이냐? 그날 우연찮게 너와 정서방이 통화하는 걸 엿들었다. 네 심정을 모르는 바는 아니다만 그래도 어쩌겠냐. 이참에 정서방을 용서해라. 본인이 죽을죄를 지었다고 하잖아. 이런 판에 이혼할 생각하지 말고 못 이기는 척 그냥 받아줘라. 굳이 이혼 도장을 찍어서 뭐 하겠냐. 사람이 살다 보면 한 번쯤 실수도 하는 법이다."

그 말이 톱니바퀴처럼 머릿속으로 파고들자 머리가 어질어질해진다.

그는 그곳에서 영주권이 있는 여자를 만나 함께 살림까지 차렸다. 그 때문에 이혼을 요구했다는 사실을 나는 뒤늦게 알게 되었다. 그즈음 아버지는 병환 중이라 나는 행여 그 일을 아버지가 알게 될까 봐 노심초사했다. 그래서 어머니에게 입단속을 잘 하라고 몇 번이고 당부했다. 그런데 몇 달 후, 그는 자기의 확고했던 뜻을 바꿨다. 이혼하지 않겠다고 했다. 그 전화를 받은 나는 하도 기가 막히고 어처구니가 없었다.

그는 동거하는 여자가 교통사고를 당해 불구가 되자 비열하게도 카멜레온처럼 마음을 바꾼 것이다. 아직 이혼서류가 정리되지 않은 걸 빌미로 삼아 다시 돌아오겠다고. 그제야 이혼서류에 도장을 찍지 않은 내 행동에 대해 몹시 후회했다.

나는 어머니를 잔뜩 노려보며 단호하게 말한다.

"엄마, 다신 내 앞에서 구역질이 나는 그 인간 애기 꺼내지도 마!"

"야, 이년아. 네 처지를 생각혀봐! 네가 젊기나 혀, 그렇다고 가진 돈이 있냐? 또 시댁에 맡겨둔 네 아들은 앞으로 어떡할 겨? 여자 혼자 힘으로 험한 세상을 살아가는 게 어디 그리 쉬운 줄 알아! 내가 왜 이 먼 곳까지 널 따라왔는지 알어?"

상대가 수틀리면 불쑥불쑥 튀어나오는 어머니의 습관적인 거친 말투. 나는 손으로 먹먹한 가슴께를 지그시 눌러본다.

돌이켜 생각해보면 아버지가 장돌뱅이가 된 것은 순전히 어머니 탓인지도 모른다. 멀쩡한 쌀가게를 팔아치워 그 돈으로 사채놀이를 한 게 어머니였으니까. 나중에는 돈에 눈이 어두워 남의 돈까지 끌어다가 본격적인 사채놀이를 하다 그만 하루아침에 그 많은 돈을 떼이고 말았다. 그 바람에 빚쟁이들은 날마다 아버지를 괴롭혔다. 아버지는 그 등살에 견디다 못해 결국 회사를 그만두고 한밤중에 가족들을 데리고 몰래

도망치다시피 밤 기차를 탔다.

그때부터 아버지는 아무 연고가 없는 도시에서 장돌뱅이로 살아가게 되었다. 처음에는 중간상인들에게 배추나 무를 넘겨받아 그것을 장날마다 팔다가 나중에는 농사꾼에게 직접 밭떼기로 작물을 사들였다. 때로는 장에 내다가 팔기도 했고 때로는 도매시세로 중간상인들에게 넘기기도 하였다. 그렇다고 돈이라도 수중에 많이 들어오는 것도 아니었다. 그래서 장날이면 더 많은 폭음을 했는지도 몰랐다. 성품도 예전과는 판이하게 달라졌다. 누군가 당신의 성미를 건드리기라도 하면 날쌘 살쾡이처럼 생존의 법칙에 따라 상대편과 몸싸움을 하기 일쑤였다. 그럴 때마다 어머니는 서슴없이 악담을 퍼부어댔다. 도대체 귀신은 뭐 하고 있는지 몰라. 저놈의 술주정뱅이를 좀 잡아가지 않고 말이여! 뭐, 뭐라고? 저 못된 년의 주둥이를 그냥 콱 밟아버릴까 보다. 지금 내가 누구 때문에 이런 생고생을 하고 있는데 그딴 소리를 함부로 지껄이는 게야? 흥, 그게 왜 나 때문이여? 내가 그 음흉한 속내를 모를까 봐서? 아직도 그 가슴팍에 그 여편네를 담고 있다는 걸 뻔히 알고 있는데 어떻게 내 주둥이에서 좋은 소리가 나오겠어? 그러면서 어머니는 온갖 구실로 아버지를 호되게 추궁했다.

그 여자는 아버지가 동경에서 공부하고 있을 때 만난 첫사랑이라고 했다. 어느 날 여자는 아버지가 머무는 하숙집으로 찾아왔다. 그날 두 사람은 근처 공원으로 산책갔는데 하필이면 일본 건달들과 맞닥뜨리게 되었다. 그들은 낄낄 웃으며 조센징 계집 얼굴이 반반하다며 여자를 강제로 끌고 갔다. 허겁지겁 그 뒤를 따르던 아버지는 그 패거리들에게 죽지 않을 만큼 구타를 당하고 말았다. 그놈들에게 처참하게 유린당한 여자는 위안부로 보내졌고, 아버지 또한 강제징용으로 끌려가게 되었다.

전쟁 통에서 구사일생으로 살아 돌아온 아버지는 어느 날 그 여자가 사이판에 살고 있다는 소식을 누군가에게 전해 듣고는 어떻게든 찾아보려고 백방으로 수소문했다. 하지만 끝내 그 생사 여부조차도 알아내지 못했다.

아버지가 어머니와 살면서도 오랜 세월 그 여자를 잊지 못했던 건 어쩌면 저돌적인 어머니의 성품 탓인지도 모른다. 나는 독이 바짝 오른 암고양이처럼 눈썹을 곤두세우곤 얼굴을 씰룩거린다.

"왜 날 따라왔는데? 엄만 아버지 대신 여기 온 게 아니었어?"

"넌 그 말을 곧이곧대로 믿었냐? 그려, 이 늙은 년은 널 따라와서 어떻게든 네 비위를 맞춰보려고 했다. 네 마음을 설득해보려고 말이여."

잔뜩 흥분한 어머니는 숨을 헐떡이다가 이내 허리를 굽혀

두 손으로 무릎을 짚는다. 내 분노는 삽시간에 비등점으로 치솟는다.

애초 그를 만나지 말았어야 했다. 그랬더라면 내 인생이 이렇게까지 구질구질하게 꼬이진 않았을 것이다. 나는 분노로 치를 떨며 며칠 전 그와 통화했던 기억을 애써 뇌리에서 지워보려고 머리를 세차게 흔들어본다.

"엄마는 대체 왜 그래? 제발 내 인생에 끼어들지 말란 말이에요. 인생은 타인을 위해서 사는 게 아니라 바로 자신을 위해서 사는 거야. 난 성자도 아니고 피안의 언덕을 넘으려는 선승도 아냐. 성품이 아주 옹졸한 여편네일 뿐이란 말이에요. 그러니까 집으로 돌아가면 당장 이혼서류에 도장부터 찍을 거야, 알겠어요?"

"진정코 네년이 이 어미가 죽는 꼴을 보려는 거여?"

어머니는 울듯 말듯 파리한 입술을 옴지락거린다.

처음부터 그를 신뢰했던 건 아버지가 아닌 어머니였다. 아버지의 반대에도 무릅쓰고 어머니는 나와 그와 만남을 주선했고 또 적극적으로 결혼까지 밀어붙였다. 그에게는 부모로부터 물려받을 재산이 많다는 것이었다. 하지만 아버지의 생각은 달랐다. 충분한 사랑을 받을 수 있는 상대를 선택해야 한다고 강조했다.

나는 어머니와 말을 섞고 싶지 않았다. 서로의 생각을 제대로 소통할 수 없어 마음만 답답하기만 할 뿐이다. 잠시 어머니와 나 사이에 무거운 침묵이 흐르자 오늘따라 아버지가 무척이나 그리워진다.

장이 파할 무렵이면 만취가 된 아버지는 약간 물이 간 생선을 사 들고 발로 대문을 쾅쾅 걷어찼다. 서현아, 아버지가 왔다. 야, 이놈아 얼렁 나와 봐! 내가 쪼르륵 달려나가면 아버지는 날 번쩍 안아 품에 껴안고는 까칠까칠한 수염을 나의 부드러운 볼에 비벼댔다. 어이쿠, 내 귀여운 새끼! 그러고는 반짝반짝 빛나는 동전 몇 개를 내 점퍼 주머니 속에 넣어주었다. 나중에 어머니 몰래 알사탕이라도 사 먹으라면서. 그런 날이면 나는 어김없이 아버지 머리맡에 다소곳이 앉아 흰 머리카락을 뽑아주었다. 하나, 둘, 셋⋯. 그렇게 새치를 뽑다 보면 어느새 아버지가 주는 동전도 새치의 숫자만큼 늘어났다. 내가 새치를 그만 뽑으면 아버지는 언제나 그랬듯이 옆으로 길게 누워 육자배기 가락을 흥얼거렸다. 그러다가 절로 흥이 나면 어깨를 들썩이며 손바닥으로 궁둥이를 탁탁 내리치면서 추임새를 넣었다.

나는 핸드백 속에 들어있는 아버지의 반지를 만지작거린다. 아버지가 내게 남긴 마지막 유품이다. 그걸 가만히 만져보고 있자 내가 마치 아버지의 손가락을 만져보는 듯하다. 아버지의 따스한 체온이 손끝을 타고 전해져오는 느낌이랄까. 저절로 눈시울이 붉어진다. 나는 눈을 씀벅씀벅 감았다 떴다 하며 애써 흐르려는 눈물을 참아낸다. 이윽고 꾹 다물었던 입을 연다.

"엄마, 내가 아직 이혼서류에 도장을 찍지 않았던 건 바로 아버지 때문이야. 다가오는 아버지 기념제를 지내고 나서 도장을 찍으려고 말이야."

"뭐, 뭐라고? 저, 저년이 기어코 정서방과 이혼을 할 작정인가 보네!"

어머니의 얼굴은 급격히 어두워진다. 나는 두 손을 맞잡은 채 가까스로 끓어오르는 분노를 삭이려고 애써본다.

한창 그와의 이혼문제로 머릿속이 복잡할 때 엎친 데 덮친 격으로 아버지는 위의 통증을 호소하며 함께 병원에 가보자고 했다. 다음날 오전 위내시경검사를 끝내고 일주일 후 다시 아버지를 모시고 검사결과를 보러 병원에 갔다. 의사는 날 따로 부르더니 청천벽력 같은 말을 했다. 환자는 지금 위암 말기입니다. 서둘러 수술을 하고 항암치료를 받는다고 해도 치유될 가망은 거의 없습니다. 몇 달 더 오래 살 수는 있을는지 모르겠지만요. 가슴이 와르르 허물어지면서 눈앞에 보이는 모든 사물이 지렁이처럼 꾸물꾸물 움직였다. 죽음은 인간 마음을 가득 뒤덮은 무시무시한 공포라는 걸 그때 깨달았다. 치료해도 어차피 죽을 목숨이라면 차라리 메스를 긋지 않는

편이 훨씬 나을 성싶었다. 생로병사의 순리에 따라 아버지를 그대로 자연으로 돌려보내는 게 자식 된 도리라고 생각했다.

내가 암울한 표정으로 진료실에서 나오자 아버지는 기다렸다는 듯이 대기실 의자에서 재빨리 몸을 일으켰다. 별거 아니라고 그러지? 아, 예. 내 그럴 줄 알았다니까. 괜히 쓸데없는 돈만 낭비했구나. 날 바라보는 아버지에게 나는 그 어떠한 말도 내뱉을 수가 없었다. 아버지의 얼굴에는 짙은 먹물 같은 죽음의 그림자가 어른거리고 있었다.

병원에서 나오자 아버지는 별안간 갈비가 먹고 싶다고 했다. 나는 아버지를 모시고 근처 고깃집에 가서 갈비를 주문했다. 빨간 불꽃이 일어나는 숯불 위에는 아주 먹음직스러운 갈비가 빛깔 좋게 잘 구워지고 있었다. 내가 다 구워진 갈비를 먹기 좋은 크기로 잘라 아버지 쪽으로 건네자, 돌연 아버지는 고기를 잘 씹을 수 없다며 그것을 도로 내 쪽으로 밀어냈다. 이럴 줄 알았더라면 집에서 나설 때 제대로 맞지 않는 틀니라도 끼우고 나올 걸, 하고 농담처럼 말하며 빙긋 웃었다. 두 눈에 눈물이 가득 고였다. 금세 눈물이 볼 위로 번지자 나는 흐르는 눈물을 보이지 않으려고 고개를 푹 숙였다. 그러고는 연신 고기를 꾸역꾸역 목구멍으로 쑤셔 넣었다. 그런 내가 마치 아버지의 살점을 뚝뚝 잘라먹고 있는 듯했다.

다음날, 어머니는 속이 그다지 좋지 않다는 핑계를 대면서 숙소에서 좀처럼 나가지 않으려고 한다. 나는 짜증이 치밀어 오르자 막무가내로 어머니의 팔을 잡아끌고 밖으로 나온다. 산호초 위에 솟아 있는 석회암으로 이루어진 작은 섬은 표면에 무수한 작은 구멍들이 숭숭 뚫려 있다. 일제시대 때 달맞이 장소로도 유명해 월견도(月見島)라고도 불린다는 이곳은, 수많은 새 떼가 해가 질 무렵 둥지로 돌아올 때면 하늘을 온통 뒤덮은 그 장관이 그야말로 뭐라 표현할 수 없을 정도의 아름다움이라고 한다. 방금 택시기사가 들려준 말을 떠올리며 바로 그 앞 파도가 넘실거리는 곳에 시선을 박는다. 파도가 하얗게 부서지는 그 부분이 기이하게도 숫자 3을 거꾸로 써놓은 듯하다. 그게 내 눈에는 인간들의 뒤바뀐 운명처럼 보인다. 나는 한숨을 길게 내쉬며 고개를 들어 하늘을 올려다본다. 무심한 하늘 끝엔 공허한 바람만이 몰려다니고 있다.

그곳을 빠져나온 나는 어떻게든 개운치 않은 기분을 풀고 싶은 마음에 어머니를 모시고 다른 일행들과 함께 보트를 타고 마나가하 섬으로 떠난다. 부드러운 새하얀 모래사장과 코발트 빛깔의 바다가 더없이 아름답다. 태양빛과 수심에 따라 하루에 일곱 색깔로 바뀐다는 청량음료 같은 바닷물. 그 에메랄드 빛깔의 물을 손바닥으로 떠서 한 모금 마셔보고 싶은 강한 충동이 일어난다. 나는 무심결에 상체를 앞으로 수그리곤 두 팔을 쭉 뻗은 다음 두 손바닥을 모아 바닷물 쪽으로

내밀어본다. 그때 느닷없이 등 뒤에서 어머니가 내 허리를 와
락 껴안으며 비명처럼 소리를 질러댄다.

"이년아, 너 정말 죽으려고 환장했냐? 그려, 이 어미가 잘
못했다. 이제 다신 정서방 얘기 꺼내지 않을 테니 제발 딴 마
음 먹지 마라, 알겠냐?"

나는 예기치 못한 상황에 당황하며 어머니를 쳐다본다. 입
술을 꼭 깨물고 있는 어머니의 불안정한 눈동자가 끊임없이
흔들리고 있다. 가슴속으로 무거운 돌 하나가 쿵 하고 떨어지
는 듯하다. 어머니는 혹여 내가 자살이라도 할까 봐서 잔뜩
겁을 집어먹고 있다. 가슴 한편이 아려오자 나는 어머니의 손
을 힘주어 잡으며 믿음에 찬 어조로 말한다.

"엄마, 나 절대 죽지 않아! 그러니까 아무 걱정하지 마요."

어머니의 눈가에 아련한 이슬이 맺히자 내가 어머니를 다
정하게 안아준다. 마침내 섬에 도착하자 다른 일행들은 스쿠
버다이빙을 하거나 해수욕을 한다. 우리는 오랜만에 홀가분
한 마음으로 섬을 한 바퀴 돌아본다. 주위 커다란 나무에는
야자수 열매들이 주렁주렁 매달려 있다. 어디선가 날아온 산
새들은 어머니와 나의 화해를 축복이라도 하듯 아름다운 노
래를 불러준다. 그때 어머니는 넋두리처럼 중얼거린다.

"네 아버지가 없는 그 빈자리가 어찌나 쓸쓸하고 외롭던지.
내 이럴 줄 알았더라면 구박이라도 좀 하지 말 것을. 그걸 어

리석게도 네 아버지가 떠난 후에야 깨달았지 뭐냐. 그래서 너한테도 정서방 얘기를 꺼냈던 게야."

어머니의 입에서 다시 그의 말이 나오자 나는 일부러 못 들은 척 딴청을 피운다. 아버지가 예전에 그랬던 것처럼 육자배기 가락을 흥얼거리며 그 몸짓까지 흉내를 내자 어머니는 기가 막힌 듯 한숨을 길게 내쉰다.

"넌 어쩜 얼굴도 그렇지만 하는 행동까지도 네 아버지를 쏙 빼다 닮았냐!"

이윽고 해안선을 돌아 나온 보트에서 내린 우리는 마지막 여정을 향해 길을 떠난다. 타포차우산 중턱에서 바라본 해안은 마치 천상의 노을이 깔려 있는 듯 환상적인 분위기를 연출한다. 불타오르는 노을은 차츰 보랏빛으로 변하면서 신비스러운 빛을 사방으로 품어대고 있다. 그 빛을 받은 검은 구름은 뫼비우스의 띠처럼 바다를 둥글게 에워싸고 있다. 그런 변화무쌍한 구름은 마치 바다 위에 세워진 거대한 도시처럼 보인다. 그 이면에는 망망한 바다가 아니라 미지의 세계가 활짝 펼쳐질 것만 같다.

지그시 두 눈을 감아본다. 어디선가 말발굽 소리가 들려온다. 그 소리는 점점 가까이에서 들려오면서 그 모습을 드러낸다. 아, 아버지다. 강제징용으로 끌려갔던 처참한 모습이 아니라, 고구려 장군인 연개소문처럼 늠름하고 씩씩한 모습으로 천리마를 타고 달려온다. 수많은 병사까지 거느린 채 급히 내게로 온다. 가슴이 너무 벅찬 나는 어렸을 적 아버지가 날 껴안아 주었듯이 이번에는 내가 두 팔을 활짝 벌려 아버지를 껴안아 주려고 포즈를 취한다. 그러나 아버지는 번개처럼 빠르게 내 앞을 스쳐지나 눈 깜짝할 사이에 저 광활한 우주를 향해 훌쩍 날아가 버린다. 그 순간 아버지의 영혼이 울어대듯 거센 바람 소리가 윙윙 귓전을 때린다. 나는 번쩍 눈을 뜬다.

원주민 의식주 고대사회체험이 열리는 행사인 불쇼, 차차 차 댄스가 끝나자 진행자인 세바스찬은 춤의 왕좌를 뽑겠다고 이리저리 날렵한 황야의 이리처럼 뛰어다닌다. 어머니는 그 모습이 활기차고 재미있다며 어린아이처럼 손뼉을 치며 즐거워한다. 세바스찬은 어설픈 한국말로 사람들을 웃겼고 그럴 때마다 어머니의 표정 또한 달덩이처럼 환해진다.

아버지가 돌아가시고 어머니는 한동안 우울증에 시달렸다. 낡고 허름한 새장에 갇힌 늙은 새가 된 채 아버지가 그랬던 것처럼 그 방에서 옴짝달싹하지 못하고 있었다. 하지만 다행하게도 시간이 점차로 흐르자 어머니는 간신히 기운을 차렸다. 아버지의 당부를 잊을 수 없었던 나는 어머니와 함께 이번 여행을 추진하게 되었다.

너른 공터에는 이미 많은 사람이 나와 있다. 이제 본격적인 축제가 벌어질 시간이다. 내가 어머니 팔을 잡아끌며 빨리 나가자고 재촉하자 어머니는 민망한 표정을 지으며 한사코 궁둥이를 길게 뒤로 뺀다. 그때 따가운 시선이 느껴지자 고개를 돌려본다. 그 할머니다. 할머니를 다시 또 보게 되자 어머니는 몹시 못마땅한 듯 날카로운 눈빛으로 째려본다.

"저 할망구는 아까부터 왜 자꾸 우리 주변을 어슬렁거리며 맴돌고 있는 게냐?"

"아마도 딸이랑 함께 여행을 즐기는 엄마가 부러운가 봐."

"하긴 저 나이가 되면 누구나 외로운 법이지. 죽을 날만 기다리는 무정한 세월이니까 말이여. 그나저나 이거 내가 다 늙어서 주책을 부리는 거 아닌지 모르것다."

축제의 공터 한가운데는 모닥불이 활활 타오르고 있다. 여기저기선 축제를 알리는 불꽃놀이와 폭죽 터지는 소리가 요란하다. 아울러 귀청을 찌를 것 같은 원주민들의 민속 음악은 마음속 깊이깊이 파고 들어와 간신히 붙잡고 있는 정체성마저 마구 뒤흔들어댄다. 화려하고도 찬란한 광란의 밤이 아닐 수 없다. 무대에서 신들린 듯 격렬한 몸짓으로 춤을 추던 원주민들이 갑자기 무대 아래로 내려온다. 그들은 재빨리 여행자들 사이사이에 끼어들어 축제의 분위기는 한층 더 고조시킨다. 그 열광적인 기운에 휩싸인 많은 사람은 누가 시키지 않아도 서로 약속이라도 한 듯 손에 손을 잡는다. 그러고는 거대한 물결을 이루며 한 덩어리가 되어 서서히 원을 그리면서 움직이기 시작한다. 어머니의 얼굴에서 땀인지 눈물인지 모를 물기가 줄줄 흘러내리고 있다. 나는 고함을 지르듯이 말한다.

"엄마, 케케묵은 지난 일들은 이제 저 타오르는 불꽃에 몽땅 던져버려요!"

어머니는 내 얼굴을 들여다보며 희미하게 웃는다. 나는 고개를 들어 하늘을 올려다보며 중얼거린다. 아버지, 이제 지난 노래는 더는 부르고 싶지 않아요. 내가 무엇 때문에 이곳에 왔는지, 또 내일은 무엇을 해야 하는지, 모두 잊고 싶어요. 아니 시간이 이대로 영영 멈춰버렸으면 좋겠어요. 바로 그때 어머니가 거친 숨을 헉헉 몰아쉬며 말한다.

"아무리 생각혀도 난 네가 정서방을 받아들였으면 혀."

순간 나도 모르게 꼭 잡고 있던 어머니 손을 강하게 휙 뿌리치고 만다. 그 바람에 원에서 이탈한 어머니는 수수깡처럼 마른 몸을 가누지 못한 채 바닥으로 푹 꼬꾸라지며 쓰러진다. 더럭 겁을 집어먹은 나는 잽싸게 어머니를 부둥켜안고는 정신없이 울부짖는다.

"엄마, 잘못했어. 내가 정말 잘못했다니까. 제발 눈 좀 떠봐! 여보세요, 여기 사람이 쓰러졌어요. 누가 와서 좀 도와줘요, 제발요!"

시끄러운 음악 때문인지 사람들은 여전히 고조된 축제의

분위기에 휩싸인 채 계속 원을 그리며 지구처럼 빙글빙글 돌아가고 있다. 그때 저만치에서 아까부터 우리를 지켜보던 할머니가 허둥대며 달려온다.

할머니는 재빠른 동작으로 손가방에서 휴대용 수지침을 꺼내더니 능숙한 솜씨로 어머니의 손끝마다 침을 꽂기 시작한다. 그러자 새파랗던 어머니 얼굴에 차츰 핏기가 돌아오면서 어머니는 겨우 정신을 차린다.

할머니는 온화한 미소를 띠며 두 손으로 어머니의 손을 잡곤 건강을 잘 챙겨야 한다고 말한다. 그 손을 내려다본 어머니는 당황한 얼굴로 어깨를 살짝 움츠리며 어딘지 어색해 보이는 몸짓을 한다. 나 또한 총 맞은 노루처럼 비틀거리며 어머니 팔을 꽉 붙잡는다. 할머니의 왼쪽 약지 손가락에 끼워진 반지가 아버지 반지와 똑같기 때문이다. 순간 상실감에 가슴이 무너져 내려앉는 나는 침묵 속에서 아버지, 하고 억눌린 비명처럼 불러본다.

그대와 함께 탱고를

그대와 함께 탱고를

　그는 K 광장에서 사라졌다. 그가 사라졌다는 사실을 인정하고 싶지 않았다. 하지만 그는 분명 그곳에서 사라졌다. 아무리 사방을 둘러보아도 그 어디에서도 그의 흔적을 찾을 수가 없었다. 수많은 인파로 북적거리는 광장 한복판에 내가 마치 폐품처럼 버려진 처참한 기분이 들었다. 돌아서는 발걸음은 무거운 추가 달린 듯 묵직하기만 했다.

　나는 걷던 걸음을 멈추곤 고개를 돌려 카페의 네온사인 불빛을 바라보았다. 가지 말아요. 제발 가지 말고 함께 있어 줘요, 네? 석 잔의 레드와인을 비웠을 때 약간의 취기가 오르자 그만 나도 모르게 애원하다시피 그에게 매달리고 말았다. 아니었다. 때마침 자살의 찬가라는, 내가 평소 즐겨듣던 글루미 선데이Gloomy Sunday 선율이 실내공간을 가득 메우고 있어서였다. 그 선율이 가슴으로 깊이깊이 파고들자 순식간에 감당할 수 없는 현실의 삶이 마냥 두려워졌다. 시커먼 검은 그림자가 입을 쩍 벌리고 당장이라도 날 집어삼킬 것만 같은 초조감과 불안을 느껴서 더 그랬는지도 모른다.

그 시각, 그는 가슴이 답답하다며 카페에서 휑하니 나가버렸다. 무색해진 내가 곧장 그 뒤를 따라나섰다. 미진 씨, 난 그림 그리는 것 외엔 그 어떤 것에도 관심이 없어. 오로지 그림에만 집중할 뿐이야. 앞으로도 그렇게 살아갈 거고. 엄숙한 표정으로 말하는 그의 말이 무딘 칼날처럼 가슴팍을 콕콕 쑤셔댔다. 그토록 내가 부담스러웠을까. 술이 확 깼다.

그는 5년 전 아내와 이혼을 했다. 그들 사이엔 자식은 없었다. 그가 화실을 운영하게 된 것도 그 후부터였다. 그 무렵 내가 화가의 부푼 꿈을 안고 화실을 찾아가게 되면서 그에게 그림지도를 받게 되었다. 그러나 배움의 시간이 흐를수록 그림세계에 대한 나의 낭만과 환상은 무참히 깨어지고 말았다. 어찌 된 일인지 그림지도를 받으면 받을수록 실력이 향상되는 게 아니라 오히려 더 깊은 절망감에 빠져들게 되었다.

그림을 형식적인 모습으로 모사하는 것은 그래도 어렵지가 않았다. 그렇지만 자연 그대로를 있는 그대로가 아닌 화가의 영감으로 시각적인 것을 작품화하는 과정이 내게는 너무도 힘든 작업이었다. 특히 시각적 경험이 일어나는 동시에 그것이 유발되는 형이상학적이고 감정적인 모습에 관심을 갖게 되면서 그림의 세계가 그처럼 어려운지 미처 깨닫지를 못했다.

어느덧 시간이 흐르고 흘러 함께 그림을 배운 회원들 하나 둘 대한민국 미술대전 입상을 할 때마다 나의 자존감이 무너져 힘들었다. 불확실한 화가라는 미래의 꿈은 현실에서 멀리 달아나고 있었다. 그는 실의에 찬 나날을 보내고 있는 나에게 언제나 똑같은 말만 앵무새처럼 되풀이하였다. 창작은 우리가 바라보는 다른 삶의 구조를 지닌 것에 싸여있어. 그걸 찾아내는 내면의 눈이 있어야 해. 이것들은 우리의 감수성을 반영하듯 상상 속에서 다양한 모습으로 나타나는 거야. 그러니 절대로 한눈을 팔면 안 돼. 정신을 한 곳에 집중해야 해, 알았어!

나는 전혀 가망성이 보이지 않는 자신에게 그만 한계를 느끼고 말았다. 참을성 또한 한계에 다다르자 더는 그의 곁에 머물면서 그림지도를 받을 수 없었다. 붓을 들 때마다 그게 매사 뾰족한 칼날이 되어 내 심장에 스케치하듯 쓱쓱 그어댔기 때문이다. 아마도 그때부터 글루미 선데이의 선율에 흠뻑 빠져들게 되었는지도 몰랐다. 한순간 모든 꿈과 희망이 사라졌다고 생각하자 밀물처럼 밀려오는 건 절망과 좌절과 공허함뿐이었으니까.

달아나고 싶었다. 될 수 있으면 내가 머무는 공간에서 아주 먼 곳, 그것도 그 누구도 나를 찾아낼 수 없는 곳으로 숨어버리고 싶었다. 많은 고민 끝에 결국 화실을 떠나기로 마음의 결정을 내렸다.

그러니까 어제 오후가 마지막 수업을 받는 날이었다. 나의 얼굴을 유심히 들여다보던 그가 내 마음을 훤히 꿰뚫어 보기라도 한 듯 잠시 내 주위에서 맴돌았다. 그러고는 좀처럼 사적인 시간을 내어주지 않던 그가 수업을 끝내고는 내 부탁을 거절할 수 없었는지 나와 동행을 해주었다.

우리는 마치 다정한 연인처럼 K 광장 근처에 있는 아담한 카페로 들어갔다. 붉은 조명이 비추는 아늑한 분위기에서 단둘이 술을 마실 수 있는 시간이 가슴 벅차도록 행복하기만 했다. 그러면서도 엉뚱하게 의문점이 되살아났다. 대체 그는 어떤 인간일까. 혼자 쓸쓸히 자기 내면의 세계에 갇혀 사는 게 과연 행복할까. 그 의문의 실타래가 채 풀리지도 전에 그는 자리에서 일어나 밖으로 나가버렸다. 나는 몹시 당황하였다. 광장으로 나온 내가 우물쭈물 망설이고 있을 때 그는 어디선가에서 걸려온 전화를 받고는 황급히 광장을 떠났다. 내게는 잠깐 기다리라고 말해놓고선 끝내 돌아오지 않았다.

보길도로 향하는 지금 이 순간에도 어젯밤 일은 머릿속에서 본드가 붙어 있는 것처럼 착 달라붙어 영 떨어지지 않고 있다. 나는 멍한 시선으로 방금 배가 떠나온 선착장을 하염없이 바라보고 또 바라본다.

그가 광장에 나타나지 않았던 것은 어쩌면 나 때문에 그랬을지도 모를 일이다. 카페에서 대화의 분위기가 한층 무르익을 즈음 하필이면 엄마의 전화가 걸려왔다. 엄마는 결혼을 앞

두고 어딜 그렇게 벌벌 쏘다니고 있느냐며 당장 집으로 들어오라고 닦달했다. 그 말에 나도 모르게 버럭 짜증을 냈다. 엄마가 늘 사사건건 내 일에 간섭하니까 귀찮고 피곤해 죽겠단 말이야. 정말이지 이참에 결혼하는 것도 다시 신중히 고민해 봐야 할 것 같아. 그러곤 일방적으로 전화를 끊어버렸다. 저기… 미진 씨… 결혼하세요? 어리둥절한 표정으로 날 빤히 쳐다보고 있는 그를 발견하자 순간 내가 커다란 실수를 했다는 걸 금세 알아차렸다. 그토록 감추고 싶었던 나만의 비밀이 무심코 흘러나와 버린 것이다.

사실 예전부터 나만의 도피처가 필요했다. 화가가 되겠다는 야무진 꿈이 하루아침에 모래성처럼 허물어진 후부터였는지도 모른다. 내가 그림에 천부적인 재능이나 끼가 있는 것도 아니었다. 해마다 미술대전에 작품을 응모할 때면 번번이 떨어지기 일쑤였다. 더욱이 갤러리에서 낯익은 회원들의 전시작품을 만나게 되면 얼굴이 화끈 달아오르면서 심장이 꽉 죄어오는 심한 압박감까지도 느꼈다. 그때마다 내가 마치 죄를 지은 사람처럼 쥐구멍이라도 찾고 싶은 심정으로 변하였다. 하지만 매번 그럴 순 없었다. 내게도 새로운 도전과 변화가 필요했다. 그래서 모질게 마음을 다잡고 붓을 들었다. 쥐구멍에도 볕 들 날이 있다고 자신을 위로하면서 말이다. 근데 희망은 매번 나를 비껴갔다. 좀처럼 그림이 좋아지지 않았다. 자존감은 한없이 낮아졌다. 미래의 꿈 또한 사정없이 천 길 낭떠러지로 추락하고 말았다. 그 실망감을 감출 수 없게 되자 내가 정말 세상에서 아무짝에도 쓸모가 없는 인간처럼 여겨졌다. 아무리 기를 쓰고 그림을 그려봐도 내 그림은 물에 뜬 기름 마냥 겉으로만 맴돌았다. 덧칠하는 붓을 화폭 속으로 더 깊숙이 밀어 넣는 것도 더욱더 고통스럽고 힘겹게만 느껴졌다.

미대를 졸업하고 한동안 슬럼프에서 벗어나지 못하자 나는 붓을 놓아버렸다. 그런데 우연히 갤러리에서 그를 만나면서 다시 화가가 되고자 하는 열망이 마음에서 되살아났다. 그는 나에게 희망과 용기를 불어넣어 주었다. 그림에 대한 애정이 있다면 그 꿈도 이룰 수가 있다고 했다. 그 말에 용기가 생겨서 또다시 붓을 잡게 되었다. 하지만 내 그림들은 언제나 그랬듯이 내 안의 틀에서 벗어나지 못했다. 신경은 날 선 칼날처럼 예민해졌다. 어떤 일에도 민감한 반응을 보였다. 더구나 정신적인 성장보다 외적인 욕구에 더 민감해지자 나는 애써 그려놓은 그림들을 몽땅 거두어 집의 창고에 처박았다.

나의 이런 행동을 가만히 지켜만 보던 엄마가 하루는 조용히 날 안방으로 부르곤 별안간 선을 보라고 했다. 순간 답답했던 가슴이 뻥 뚫리는 듯했다. 그것만이 유일한 도피처라는 생각이 번개처럼 번쩍 뇌리를 스치자 나는 주저 없이 그 제의를 흔쾌히 수락했다.

그 일은 일사천리 진행되어갔다. 나는 그간에 공무원 남자와 몇 번 만나 식사를 했고 영화 두 편 본 게 전부였다. 그 남자는 화가가 꿈인 내가 무조건 좋다면서 청혼을 해왔다. 나는 기꺼이 그의 청혼을 받아들이고 말았다. 하지만 막상 결혼날짜가 시시각각으로 다가오자 덜컥 겁이 나기 시작했다. 그 남자는 내가 그림공부를 조금만 더 하면 반드시 화가가 될 것이라고 굳게 믿고 있었다. 그 확고한 심신이 내게 전달이 되자 그를 만나는 게 점점 부담스러워졌다. 결혼하고 그림을 더 배운다고 해서 내가 화가가 된다는 보장은 없었다. 그제야 내가 커다란 실수를 범했다는 걸 깨달았다. 그건 또 다른 올가미가 되어 나를 심하게 압박하기도 했다. 나날이 강박관념에 시달리게 되자 나는 결혼이라는 테두리에서 달아나고 싶어졌다. 그렇다고 이제 와 결혼을 파기하겠다는 말도 할 수가 없었다. 이래저래 스트레스가 엄청 쌓이고 심정까지 복잡해지자 그림도 전혀 그릴 수 없었다. 근본적인 문제 해결의 유일한 방책은 내가 그림을 그만두는 것이었다. 생각이 거기까지 미치게 되자 화실을 그만두기로 마음의 결정을 하였다.

정든 화실을 떠난다고 생각하니 왠지 모를 슬픔과 서운함이 가슴속으로 밀려왔다. 나는 그런 내색을 숨긴 채 간신히 마지막 수업을 끝내고는 사물함에서 소지품을 꺼내 차에 실었다. 그때 언제 따라왔는지 그가 날 불러 세웠다. 미진 씨,

저 밤하늘을 좀 봐. 별들이 참 많이 떠 있네! 무심코 던진 그의 한마디에 오랫동안 꾹꾹 억눌려왔던 내 감정들이 한꺼번에 석류 알이 터지듯 툭툭 터지고 말았다. 선생님, 저랑 술을 하실래요?

보길도는 그가 태어난 고향이다. 배는 그 섬을 향해 힘차게 달려가고 있다. 나는 좀처럼 그와 통화를 할 수 없게 되자 괜히 그에게 무시를 당한 듯해 한편으로 분하기도 하고 섭섭하기도 했다. 그런데도 이렇게 무작정 그의 흔적을 찾아 그 섬으로 가고 있다. 내가 왜 이러는지는 나도 모른다. 그 섬에 가면 그가 있을지도 모른다는 막연한 기대감 때문일까. 배를 타기 전 보길도로 떠난다는 문자메시지를 그의 휴대폰에 남겼다. 어쩌면 그가 날 의도적으로 피하고 있는 것은 아닐까. 축축한 물기가 눈가에 묻어난다. 눈앞에는 어둠 속에 드러난 그의 얼굴이 빠르게 스치고 지나간다.

알코올이 들어가서인지 그는 평소와는 달리 한없이 쓸쓸하고 외로워 보였다. 물론 인간은 누구나 고독하고 외로운 존재이다. 그래서 사람들은 자기와 비슷한 사람에게 마음이 더 끌리는지도 모른다. 그러나 그와 나는 분명 다른 부류의 인간인 것만 틀림없는 사실이다.

고개를 들어 푸르디푸른 청자빛 하늘을 올려다본다. 괭이갈매기는 더 높은 허공을 가로지르며 힘차게 날아오르고 있다. 나 또한 저토록 자유롭게 훨훨 날아다니고 싶어진다. 틀에 박힌 의식에서 벗어나 맘껏 상상의 나래를 펼 수만 있다는 얼마나 좋을까. 열심히만 하면 노력한 만큼 대가를 얻는 줄 알았다. 하지만 아무리 노력을 해도 내겐 예술가의 타고난 기질이 없었다. 스스로 그걸 깨달았을 때 세상이 무너져 내려앉는 듯했다.

뱃머리는 짙푸른 바다를 가르며 앞으로 내달린다. 그때마다 배에 부딪친 파도가 하얀 물보라를 일으키며 사방으로 흩어진다. 그때 물고기의 은빛 비늘이 번뜩이더니 이윽고 커다란 물고기가 마치 상어처럼 수면을 차고 공중으로 솟구쳐 올랐다가 다이빙을 하듯 쏜살같이 바닷속으로 사라진다. 퍼뜩 카페에서 들려준 그의 이야기가 떠오른다.

섬에 가면 햇살처럼 반짝이는 은빛 물고기들이 아주 많아. 그게 간혹 인어공주처럼 보이기도 하지. 내가 섬을 유독 좋아하는 것도 바로 그 이유 때문인지도 몰라. 작업을 끝내면 종종 섬으로 달려갔으니까. 특히 보길도에 가면 어머니가 팔을 활짝 벌려 날 힘껏 안아줄 것만 같았어. 어머니는 인어공주처럼 수많은 세월을 바닷속에서 전복, 해삼, 미역 등을 채취했지. 해녀였거든. 아버지가 제주도에 갔다가 어머니를 만났던 거야. 그 후 보길도로 시집온 어머니는 단 한 번도 섬을 떠나보지 못했어. 내가 화가가 되겠다고 했을 때는 오로지 물질에만 몰입했지. 정말이지 어릴 적엔 섬에 묻힌 신화나 설화가 마치 세상에 실제 존재하는 줄로만 알았어. 그걸 그림으로 곧잘 그려내면 어머니는 신기하다는 표정으로 그림을 보며 무척이나 좋아하셨어. 결국은 아들 뒷바라지하기 위해서 전복과 소라를 더 많이 따려고 제주도로 가게 되었지. 그런 어느 날 기상악화에도 불구하고 시퍼런 바닷물에 풍덩 뛰어들고 말았어. 그리고 끝내 어머니는 깊고도 깊은 바닷속에서 영영 빠져나오지 못했지. 그러고 보면 내 그림 속에 등장하는 여인들은 모두 어머니인지도 몰라. 흐르는 세월에 따라 그 모습만 조금씩 변했을 뿐이니까.

처음으로 허심탄회하게 속내를 털어놓는 그의 말에 나는 섬에 대한 호기심이 증폭되었다. 그 섬에 한번 꼭 가보고 싶다는 간절함 때문일까. 비단 그의 고향이라서가 아니라 그 섬에 가면 길을 잃은 내게 길을 찾을 수 있도록 안내해줄 것 같은 막연한 기대감 같은 게 느껴졌다. 나는 그가 잠깐 말을 멈출 때 조심스럽게 끼어들었다. 선생님, 언제 시간 될 때 저와 함께 그 섬으로 가보지 않으실래요? 느닷없는 제안에 그는 몹시 당혹해하는 표정을 지으면서 흠흠, 헛기침했다. 속내를 드러낸 게 어쩐지 마음에 걸렸는지 한 손으로 뒷머리를 매만지며 머쓱하게 웃었다. 미진 씨, 언제든지 다시 그림을 그리고 싶으면 날 찾아와. 항상 화실 문은 열려있으니까. 극복할 수 없는 난관에 부딪혔다고 달아날 게 아니라 그걸 정면으로 도전하면서 당당히 맞서봐야지. 뻘건 피가 줄줄 흐르고 깊은 상처가 곪아 터지고 아물기를 수없이 반복해야만 비로소 내면의 세계가 열리는 거야. 그걸 감내해야만 자기만의 독창성이 자연스럽게 작품에 스며들게 돼. 이 세상 모든 예술작품은 다 그러한 과정을 거쳐 만들어지고 탄생하는 거야.

별안간 화제를 내 쪽으로 돌리자 무거운 돌덩이가 가슴을 짓누르고 있는 듯했다. 더는 그림에 도전해볼 용기조차도 없는 나이기에 가슴이 아파 견딜 수가 없었다. 그 밑바닥을 배회하는 것도 이처럼 고통스러운데 앞으로 어떻게 저 높은 정상을 향해 인내하면서 묵묵히 걸어갈 수 있을까. 이제 그림 세계에 꽁꽁 갇혀 소중한 시간을 낭비하고 싶지도 않았다. 그런데도 왠지 모를 미련이 끈덕지게 발목을 잡아챘다. 손바닥과 이마에 땀이 배어 나왔다. 선생님, 마지막 수업 때 마무리한 제 그림을 어떻게 보셨나요?

그림에 대해 그토록 말을 아끼던 그가 솔직담백하게 지적해줬다. '떠나가는 배'에는 뭔가 중요한 게 빠져 있더군. 돛단배는 멀리 떠나가고 있고, 잔뜩 흐린 잿빛 하늘엔 철새가 배회하고, 긴 머리칼이 휘날리는 여자는 우두커니 바위에 선 채 허공만을 응시하고 있었지. 여차하면 깊은 바다로 풍덩 뛰어들 태세였어. 마음을 한번 바꿔봐. 생각이 바뀌면 그림도 충분히 바뀔 수가 있거든. 그 중심에 석양을 넣어보면 어떨까. 떠나가는 배가 아닌 돌아오는 배의 이미지로. 바다로 떨어지는 붉은 석양을 바라보는 구도로 말이야. 그럼 일몰의 붉은 색감이 화폭 전체를 감싸면서 그림의 분위기도 환해질 거야. 그리고 참, 이 말은 저번부터 해주려고 했는데 지금에야 기회가 돼서 말할게. 미진 씨, 여태까지 자기가 공들여 왔던 걸 쉽사리 포기하면 안 돼. 어찌 되었든 간에 어렵게 시작한 거 이왕이면 악착같이 달라붙어 최선을 다해 도전해봐야지. 반드시 화가가 되겠다는 마음의 각오보다는 오히려 그걸 마음에서 홀가분하게 내려놓고 다시 시작해봐. 성실히, 꾸준히 그 과정을 밟다 보면 언젠가 꿈도 이루어지는 법이야. 강물은 서로 다르게 흐르는 것 같지만 종내 넓은 바다에서 다시 만나게 돼. 그처럼 누가 먼저 화가가 되고 나중에 되는지는 그리 중요하지가 않아. 작품만이 중요할 뿐이지. 미진 씨도 앞으로 세상을 더 많이 살다 보면 중요한 것을 깨닫게 될 거야. 자기가 잘 할 수 있고, 좋아하는 일을 계속하면서 살 수 있다는 건 삶의 축복이라 것을.

갑자기 숨이 가빠오면서 가슴까지 울렁거린다. 건너편 우뚝 솟은 농업 깃발이 하염없이 바람에 펄럭인다. 그 깃발은 내 안에서도 혼란스럽게 펄럭이고 있다. 나는 한숨을 길게 내쉬고는 고개를 옆으로 돌려 섬들이 있는 쪽을 응시한다. 쭉 이어져 있는 섬들을 에워싸고 있는 운무가 그야말로 절묘하기 짝이 없다. 자연의 거대한 화폭에 신이 만들어낸 아름답고도 위대한 예술작품이다. 그 섬들이 점점 내게로 다가오자 방금 과는 달리 두려움에 휩싸인 나는 뒤로 멀찍이 물러선다. 그 것들이 마치 가슴팍을 정면으로 뚫고 지나갈 것만 같은 알 수 없는 공포감이 엄습해 온 것이다. 무엇이 날 이토록 옥죄 고 있는 것일까. 결혼일까, 그림일까, 아니면 그의 존재일까.

속이 울렁거리자 갑판 충계를 밟고 올라간다. 저쪽 맞은편 에서 양미간을 잔뜩 찌푸린 사내가 날 유심히 지켜보고 있 다. 나는 애써 그 눈길을 피해 고개를 돌릴 때 급기야 헛구역 질이 울컥 목구멍으로 올라온다. 재빨리 상체를 바다 쪽으로 숙이곤 아침에 먹은 토스트 찌꺼기를 왝왝 게워낸다. 그때 사 내의 다급한 목소리가 들려온다.

"아, 안돼요!"

화들짝 놀란 내가 고개를 들고 사내를 바라본다. 사내의 이마에 굵은 핏줄이 솟아올라 있다.

"무슨 사연인지는 모르지만 죽는 것보다 사는 게 훨씬 나 아요, 아직은요."

뜬금없는 사내의 말에 온몸의 힘이 쫙 풀리면서 눈시울이 붉어진다.

"제가 바다에 뛰어들 사람처럼 보였나요?"

퉁명스러운 내 말에 사내는 부동자세로 멋쩍은 표정을 짓더니 이내 고개를 갸웃거리며 돌아선다.

배는 동천항과 소안도를 거쳐 보길도로 향하고 있다. 곳곳에 설치해 놓은 전복양식장 그물이 금방이라도 뱃길의 앞을 가로막을 것만 같다. 하지만 배는 용케도 그 좁은 사이를 뚫고 목적지를 향해 개선장군처럼 씩씩하게 빠져나간다. 저기 섬 모퉁이만 돌아가면 마침내 보길도 항구에 도착한다. 내가 서둘러 손가방에서 분첩을 꺼내려는 찰나 뒤에서 날 잡아끄는 강한 기운이 느껴진다. 나는 반사적으로 고개를 돌린다.

하얀 연기처럼 뿜어져 나오는 영롱한 빛이 눈부시게 일렁거리고 있다. 그 빛은 아주 자잘하게 부서지면서 은색 가루가 되어 나비처럼 훨훨 춤을 춘다. 두 눈을 의심하지 않았을 수 없다. 저토록 아름답고도 황홀한 빛의 출렁거림은 여태껏 본 적이 없다. 나는 몇 번이나 손등으로 눈두덩을 문지른다. 그 빛의 출현은 끊임없이 뱃길을 따라오고 있다. 도무지 눈을 뗄 수가 없다. 신비스러운 영롱한 빛은 어느 순간 하나로 뭉쳐진다. 그 뭉쳐진 빛에서 무엇인가 쑥 빠져나온다. 아, 은빛 작은 새다. 그 어린 새가 푸드덕 날갯짓하며 나를 향해 따라오고 있다. 대체 저것이 뭘까. 좀 더 가까이에서 보려던 순간 움찔 놀란 나는 한 발짝 뒤로 물러선다. 혹시 영혼이라는 것일까.

비가 주룩주룩 내리던 지난 봄날, 마음이 한없이 울적해서 그날은 일부러 화실에 가지 않았다. 비는 늦은 오후가 돼서야 멎었다. 나는 곧장 시립미술관으로 달려갔다. 샤갈의 그림 전시회의 마지막 날이었다. 그 많은 작품 중 유독 눈에 들어온 건 샤갈이 부인 벨라와 함께 하늘을 날고 있는 '도시 위에서'란 그림이었다. 인간의 영혼은 정말 저 우주로 날아가는 것일까. 문득 그림수업 중에 들었던 그의 말이 떠올랐다. 영혼의 무게는 21그램이야. 사람이 죽으면 그 영혼은 빛으로 변해 우주로 날아가지. 그곳에도 영혼의 인도자가 있거든. 인도자는 영혼을 같은 부류들끼리 어울릴 수 있도록 그 길을 인도해 줘. 저 우주에도 지상 같은, 아니 그보다 훨씬 더 어마어마한 거대한 프로젝트가 신에 의해 움직이고 있을 게야. 미술관을 빠져나오면서 속으로 중얼거렸다. 그렇다면 내 영혼의 무게는 얼마일까?

배가 항구에 도착하자 의식적으로 뒤를 바라본다. 아무것도 없다. 그 은빛 작은 새의 아름다운 형체는 말끔히 사라지고 없었다. 나는 뭔가에 쫓기는 듯 어깨에 멘 가방을 꽉 움켜쥐곤 허둥지둥 하선한다.

비릿한 바다 냄새가 왈칵 코끝으로 스며들자 나는 마치 깊은 잠에서 깬 아이처럼 멀뚱멀뚱한 눈으로 주위를 두리번거린다. 한순간 치매에 걸린 것처럼 뇌 속이 텅 비어버린 느낌이다. 내가 지금 어디로 가야 할지, 무엇을 어떻게 해야 할지 생각이 잘 떠오르지 않는다. 섬의 온갖 종잡을 수 없는 잡음 소리만이 윙윙거리며 뇌 속으로 파고들고 있을 뿐이다. 저만치 배에서 내린 사람들은 뿔뿔이 흩어져 저마다 자기의 갈 길을 찾아가고 있다. 사내도 그 무리에 섞여 걸어가고 있는 게 얼핏 보인다.

그때 60대 초반으로 보이는 풍채 좋은 개인택시 기사가 내게로 다가오더니 행선지를 물어온다. 그때야 인터넷으로 예약한 중리 해수욕장 앞에 있는 숙소 이름이 불쑥 떠오른다. 그쪽 버스 시간이 어떻게 되냐고 묻자 기사 아저씨는 버스가 끊겼다며 택시를 이용하라고 한다. 별로 기분이 내키지 않는다. 오늘따라 기분이 영 개운치가 않다. 해가 떨어지려면 아직도 시간은 많이 남아 있다. 기사 아저씨는 내 기분 따윈 아랑곳없다는 듯 시간당 요금에 대해 알려준다. 나는 버스 시간표를 좀 더 알아본 후 결정하겠다고 말하곤 대합실로 향한다.

기사 아저씨의 말대로 버스는 끊겨 있다. 내가 허둥대며 근처 가게로 들어서자 주인 남자는 신문에 코를 박고 있다가 고개를 쳐든다. 때마침 배에서 만난 사내가 손수건으로 얼굴을 문지르며 가게로 들어오고 있다. 사내와 내 시선이 잠깐 허공에서 맞부딪친다. 사내는 면구스러운 듯 먼저 시선을 거두곤 주인에게 버스 시간표에 관해 물어본다. 주인은 난감한 표정을 지으며 주민들이 그리 많지가 않아 버스는 빨리 끊어질 수밖에 없다는 마을 사정을 설명한다. 언제 따라왔는지 기사 아저씨는 길 건너편에서 사내와 나를 주시하고 있다. 거, 괜히 쓸데없는 짓 그만하고 어서 택시나 타라는 표정으로 사내와 날 번갈아 가며 쳐다본다. 사내와 내가 어쩔 수 없다는 표정으로 그쪽으로 가자 아저씨는 경기에서 이긴 승자라도 되는 듯 싱글벙글 웃는다.

"아까도 말했듯이 2시간에 6만 원도 특별히 싸게 해준 거요. 주말에는 관광요금이 더 비싸다는 거 알고 있지 않소. 그리고 택시도 쉽사리 잡을 수도 없다니까. 암튼 오늘 젊은이들은 땡잡은 거요."

사내는 알겠다며 고개를 두어 번 끄덕이곤 기사 옆 좌석에 올라탄다. 나는 썩 마음이 내키지 않아 돌아선다. 생각해보니 한가롭게 여행이나 하려고 이 섬에 들어온 게 아니기 때문이다. 더구나 낯선 사내와 시간을 함께 보낼 마음은 추호도 없다. 몇 발자국 옮겼을 때 등 뒤에서 사내가 날 부른다.

"저, 잠깐만요!"

고개를 돌리자 사내는 어서 빨리 택시에 타라고 손짓 신호를 보내온다.

"그쪽 요금은 걱정하지 말아요. 보아하니 숙소로 일찍 들어가 봐야 그리 할일 많은 사람처럼 보이지 않는데, 안 그래요?"

그 말이 다소 귀에 거슬렸지만 그렇다고 사내의 말이 영 틀

린 말도 아니다. 나는 바닷바람에 헝클어진 앞머리를 가만히
쓸어 올리며 그냥 못 이기는 척 택시 뒷좌석에 몸을 실었다.

택시가 출발하자 사내는 호기심 어린 눈으로 힐끔힐끔 뒤
를 바라본다. 내가 몸을 움츠리고 양팔로 어깨를 감싼 채 차
창 쪽으로 몸을 기대자 사내는 차창 문을 열고는 황망히 출
렁거리는 눈동자로 시선을 비끼며 담배에 불을 댕긴다. 기사
아저씨는 본격적으로 곳곳에 있는 명소에 대해 이야기보따리
를 풀어헤친다. 그 말이 내 귀에 들려오지 않는다. 머릿속엔
오로지 그에 대한 생각뿐이다. 그와 만날 수 있을 가능성이
란 전혀 없다는 걸 비로소 이 섬에 들어온 후에야 알게 된다.
마음은 한량없이 무겁기만 하다.

한참 동안 기사 아저씨의 얘기를 듣고 있던 사내가 느닷없
이 땅이 꺼질 듯 깊은 한숨을 내쉰다. 아저씨가 황당한 표정
으로 그 이유를 묻자 사내는 그 말을 기다리고 있었다는 듯
신세타령을 줄줄 늘어놓는다. 산더미처럼 쌓인 회사 업무 때
문에 골머리가 지끈지끈 아프다고 한다. 융자까지 받아가며
산 주식이 며칠 전부터 바닥으로 곤두박질쳐서 죽을 맛이라
며 인상을 찌푸린다. 그래서 복잡한 머리를 좀 식힐 겸 이곳
에 왔으니 제발 자기를 관광 손님으로 대하지 말고 그냥 편하
게 인생 선배로서 조언이나 해달라고 부탁한다. 사내의 푸념
에 아저씨는 호탕하게 껄껄하며 웃는다.

"일거리가 많다는 건 그만큼 자네가 능력이 있다는 것일 테고, 주식이야 기다리면 다시 오르는 법일 텐데 뭐 그리 걱정을 많이 하고 그래, 젊은 양반이. 아름다운 섬에 왔으면 복잡한 마음 싹 비우고 그냥 분위기를 즐기면서 스트레스나 확 풀고 돌아가야지. 그나저나 결혼은 했소?

"아아 전 결혼할 마음이 전혀 없어요. 후유. 처음에는 여자들이 좋다고 쫓아다니더니 막상 결혼하자고 하면 죄다 꽁지 빠지게 내빼더군요. 집 장만할 능력이 없다는 것을 알고 말입니다. 그래서 더 악착같이 일하면서 재테크로 주식투자도 했는데…."

"쯧쯧. 못된 것들. 그렇다고 쉽게 포기하지 말게나. 어딘가에 자네와 꼭 맞는 짝이 분명 나타날 테니 말일세. 그리고 말이야 결혼은 꼭 해야 한다고 나는 생각하네. 가정을 꾸리면서 애 낳고 사는 게 얼마나 복된 인생이고 보람된 삶인데 그걸 왜 안 해!"

"그럼 아저씬 결혼생활에 아주 만족하시나 봐요?"

"암, 그렇지. 인생사는 게 뭐 별거 있는 감. 처자식 거느리고 배곯지 않으면 그게 감사하고 고마운 삶이지. 가끔 장성한 자식들이 안부 전화라도 해주고 생신 때나 명절 때 고향으로 찾아올 때면 선물꾸러미도 갖다 주고, 그게 바로 세상을 살아가는 인생의 행복 아니겠어! 그나저나 아가씨 얼굴이 왜 그렇소? 피죽 한 그릇도 못 얻어먹은 듯 핏기 하나 없으니 말이오. 그 몸으로 어디 제대로 여행이나 할 수 있겠소?"

별안간 아저씨의 관심이 내게 쏠리자 목구멍이 뻐근하게 아프다.

"…결혼은 어떤 사람과 해야 좋을까요?"

"거 참 어려운 질문이군그래. 그래도 필, 이라는 게 꽂혀야지. 사실 나도 우리 마누라한테 그게 꽂혀서 혼인했으니까. 참 아까 뉴스를 듣다 보니 어느 의사 양반이 아내를 약물 투입해서 살해했다더군. 쯧쯧. 그게 다 집안 조건 따지고 돈 보따리 챙기려다가 그런 끔찍한 살인을 저지르는 게야. 요즘 끔찍한 사건들이 어디 한 둘이어야 말이지. 그러니 제발 젊은이들은 조건 따지지 말고 필 확 꽂히는 인연을 만나면 바로 결혼을 해 버려!"

아저씨의 말처럼 내게도 언제 한번 제대로 된 필, 이라는 게 꽂힌 적이 있었을까. 대학시절 선배들과 식사를 하고 술도 마셔봤지만 통 그런 느낌은 없었다. 오로지 화가가 되겠다는 일념뿐이었다. 근데 어젯밤은 분명 그게 꽂혔다. 싱숭생숭 마음이 들뜨고 이상야릇한 감정까지도 너울너울 가슴에서 춤을 추고 있었다. 딱히 그 감정이라는 게 어떤 것인지는 말로 표현할 순 없지만 즐겁고 행복했던 것만은 사실이다.

수업이 없던 어느 가을날, 대학로에 떨어진 낙엽을 밟으며 화실 근처 갤러리로 갔다. 그런데 공교롭게도 그곳에 그도 와 있었다. 그는 평소 풍경화 그림에 관심이 많은 내게 풍경도 일종의 정신 상태와 밀접한 관련이 있다고 설명했다. 풍경의 구도에 성공하려면 영혼을 매혹 시키는 철학적인 풍경이 자기 안에서 만들어져야 한다고 했다. 그 말을 듣는 순간 엉뚱하게도 프랑수아 제라르의 작품 〈프시케와 에로스〉이 머릿속에서 빙글빙글 맴돌았다. 내게도 누군가와 깊은 사랑을 할 기회가 찾아올까. 그러려면 큐피드의 화살이 가슴에 확 꽂혀야만 한다. 하지만 여태까지 그 대상조차도 없었다. 그런 내게 어젯밤의 느낌은 아주 달랐다. 그게 혹시 필, 인지도 모른다.

택시가 내달릴 때마다 낯선 풍경 속으로 깊이깊이 빠져들어 간다. 눈 앞에 펼쳐지고 있는 다도해의 섬들은 이국적인 풍광을 물씬 풍기고 있다. 사내는 오염되지 않은 비릿한 바다체취가 더없이 좋다고 중얼거린다. 아저씨는 고산 윤선도가 처음 배를 타고 들어올 때 소나무 가지가 그쪽으로 향했다고 해서 예송이라고 이름을 지었다는 곳에서 잠시 차를 정차한다.

밖으로 나온 사내는 어렵게 끊었던 담배를 다시 피우게 되었다고 혼자 투덜거리며 내 쪽으로 힐끗 얼굴을 돌린다.

"그쪽은 직업이 뭐요?"

"백… 수."

"소개팅은 해봤습니까?"

"아, 예."

"그럼 남자 친구도 있겠군요."

"당·연·하·죠."

사내가 대시할까 봐 미리 바리 게이트를 쳐본다. 사내는 좋던 기분이 확 잡쳤다는 듯 얼굴을 잔뜩 찌푸리곤 피우던 담배를 짓이겨 꺼버린다. 나는 사내를 지나쳐 소나무가 있는 곳으로 가 그 형태를 유심히 살펴본다. 모진 바람을 이겨낸 생명이 모두 최고의 예술품이다. 도무지 인간의 힘으로는 만들어낼 수 없는 소나무 가지의 기이한 형태들. 자연의 혼이 깃들어 있는 예술작품이 따로 없다.

돌이켜보면 5년이란 세월은 그리 긴 시간도 아니지만 그렇다고 결코 짧은 시간도 아니다. 문득 처음 그를 만났던 서울 도심의 G갤러리가 눈앞에 어른거린다.

그날 '리차드 롱' 작품전시회가 있는 날이었다. 나는 그 화가의 작품에 관심이 있던 터라 한달음에 달려갔다. 이윽고 작품들을 대하는 순간 광활한 대지가 바로 눈앞에서 펼쳐지는 듯했다. 한참 작품 감상에 매료되어 있을 때 누군가 내 어깨를 툭툭 건드렸다. 고개를 돌리자 키가 큰 중년 신사가 크게 당황하며 정중히 죄송하다고 사과했다. 자기가 알고 있는 사람인 줄 착각했다는 것이었다. 나는 입가에 엷은 미소를 띠며 괜찮다고 말하곤 곧장 2층으로 올라갔다. 넓은 벽에는 거칠게 황토색 진흙으로 사각 틀을 만들어 그린 작품이 전시공간을 가득 메우고 있었다. 작가가 직접 진흙을 묻혀가며 열정적으로 몰두한 게 그대로 작품에 녹아들었다는 걸 느낄 수 있었다.

관람을 마치고 막 돌아서려는데 그 중년 신사가 먼저 말을 걸어왔다. 그림에 관심이 많은 것 같다면서 명함 한 장을 내밀었다. 내가 좋아하는 그림의 화가였다. 그의 작품을 좋아한다고 말하자 그는 잠깐 얘기를 나누자며 나를 근처 커피전문점으로 데리고 갔다. 아메리카노 커피의 향이 정말 은은했다. 그는 따뜻한 커피를 한 모금씩 천천히 마시면서 그림 세계와 이번 전시된 화가에 대한 이런저런 에피소드를 들려주다가 느닷없이 내게 질문을 던졌다. 정열적인 사랑에 대해 어떻게 생각해요? 일순 얼굴이 화끈 달아올랐다. 너무 당황한 나머지 그 어떤 말조차도 꺼내지 못했다. 그러자 그는 그림을 그리는 사람은 열정적인 사랑도 한 번쯤은 해봐야 한다고 조언했다. 그 감정까지도 자기가 그리는 화폭에 고스란히 담을 수 있어야 한다면서 코를 찡긋하고 웃었다. 그리고 보름 후 나는 그가 준 명함을 갖고 그의 화실로 찾아가 상담을 받은 후 새로운 마음 각오로 붓을 잡게 되었다.

저기 산마루와 바닷물 사이로 서서히 기울고 있는 일몰의 붉은 기운이 나의 내부로 깊숙이 스며든다. 어디선가 들려올 것만 같은 사랑의 선율. 경쾌하면서도 서글픈 그 음악이 다시 듣고 싶어진다.

그는 라 쿰파르시타 탱고 음악을 좋아한다. 전시작품을 준비하면서 휴식을 취할 때면 혼자 창가에 기대어 커피를 마시곤 하였다. 그때마다 라 쿰파르시타도 함께 흘러나왔다. 그럴 때면 남녀 한 쌍이 환상적인 호흡으로 리듬에 맞춰 탱고를 추는 장면이 눈앞에서 스치고 지나가곤 하였다. 나 또한 그렇게 누군가와 함께 정열적이고도 아름다운 탱고를 추고 싶었다

마지막 코스인 우암 송시열 선생이 글 쓴 바위를 보고서야 나는 숙소에 도착했다. 아저씨가 나부터 택시에서 내려주자 내게 아무런 소득을 건지지 못한 탓인지 사내는 재수 옴 붙었다는 표정으로 횅하니 고개를 돌려버린다.

샤워를 끝내고 대충 가방 속 소지품 정리를 하고 나자 어느새 사방은 어두워져 있다. 나는 잠시 바닥에 누워 천장을 바라본다. 처량 맞게 혼자 있다는 게 더없이 서글퍼진다. 혹시나 하는 마음에 그에게 전화를 해보지만 폰은 여전히 꺼져 있다. 그는 대체 어디에 있을까. 나는 자신에게 짜증이 나고 화가 나자 얼른 몸을 일으켜 테라스로 나온다.

어둠 속에서 중리 해수욕장이 한눈에 들어온다. 저쪽 끝 지점에 희미하게 불을 밝히고 있는 허름한 음식점이 마치 낡

은 화폭 속의 그림처럼 보인다. 그 옆으로 방파제가 있고 앞
에는 고깃배들이 정박해 있다. 펜션 주인은 그 집 음식이 값
도 싸고 맛도 일품이라고 일러주었다.

식당에 들어서자 사내도 와 있다. 내가 그 곁으로 다가가
함께 술을 마시자는 제안을 하자 사내는 기분 좋게 웃는다.
주인은 사내와 나를 바깥 평상 위 사각 상이 있는 곳으로 안
내를 한다. 평상에 올라서자 내가 마치 고산 윤선도나 우암
송시열 선생이라도 된 기분마저 든다. 잠시 후, 상 위에 다양
한 종류의 쓰키다시와 싱싱한 횟감이 올라오자 우리는 서로
의 잔에 술을 채우고는 동시에 그 잔을 비워낸다.

"아까 거짓말했죠? 난 단박 알았어요. 혹시 실연이라도…
아아, 실례했군요. 묻지 말아야 하는 걸 괜히… 이놈의 주둥
이를 함부로 놀렸네. 그렇다고 너무 상심하지 마요. 세상일이
라는 다 그렇고 그런 것이지요. 오늘은 제가 그쪽 보디가드가
되어 줄 테니까 아무 걱정하지 마요."

그러고는 사내는 휴대폰을 만지작거린다. 잠시 뒤 사내의
폰에서 낮익은 선율이 흘러나온다. 깜짝 놀란 나는 귀를 의
심하지 않을 수 없다. 라 쿰파르시타 탱고. 사내는 고개를 들
고는 활짝 웃으며 밀바가 부르는 노래를 다 좋아한다고 말한
다. 나는 혼미해져 오는 정신을 간신히 붙잡고는 살그머니 그
자리에서 빠져나온다.

무작정 바다를 향해 걸어간다. 하늘에는 환한 보름달이 둥둥 떠 있다. 문득 여인의 초상이란 영화의 한 장면이 눈앞에 아른거린다. 주인공 여자가 병으로 죽어갔고 그걸 지켜보던 남자는 그 여자의 모든 것을 사랑한 영화. '고통은 금방 잊지만 사랑은 오래 가슴에 남는다'라는 마지막 말이 무엇보다 심금을 울렸다. 차라리 내가 그 영화 속의 주인공 여자였다면 얼마나 행복할까. 그렇게 사랑을 받고 그처럼 죽을 수만 있다면 무엇을 또 바라겠는가.

내일 다시 해가 떠오른다는 현실이 더없이 두렵고 무서워진다. 솔직히 그 남자와 결혼할 자신도 없다. 이대로 아주 먼 곳으로 떠나버리고 싶을 따름이다. 해녀였던 그의 어머니가 묻힌 저 어둠의 바다는 어떨까. 그 영혼과 마주할 수는 없는 것일까. 내 생각에 응답이라도 하듯 삽시간에 검은 그림자가 내 주위를 감싸고 있는 게 느껴진다. 그렇다면 배에서 따라온 은빛 작은 새는 정녕 내 영혼이었을까. 깃털처럼 가벼운 21그램의 영혼.

나는 숨을 크게 한번 내쉬고는 천천히 바닷물로 향해 발걸음을 옮긴다. 꿈과 희망이 없는 삶은 죽음이나 다름없다. 앞으로 우울한 감정에 시달리면서 고달픈 삶을 살고 싶지도 않아진다. 이룰 수 없는 꿈을 안고 아등바등 살아가는 세상은 지옥이나 다름없지 않은가.

차가운 바닷물이 금세 발목 위로 차오른다. 존재감을 잃어버릴 때마다 나는 늘 세상에 떠도는 허깨비처럼 느껴졌다. 세상에 홀로 덩그러니 버려진 듯한 참담한 기분. 마음은 초조하고 불안해 진종일 아무 일도 손에 잡히지 않았다. 이제 지난 고통의 시간과 영영 이별하고 싶어진다. 무릎 위로 차오르는 차가운 물의 냉기가 금방이라도 날 잡아끌 것만 같다. 길이 전혀 보이지 않을 때 찾아간 섬에서 나는 오히려 길을 잃어버리고 만 것이다. 그렇다면 내 삶에 완전한 결말은 오직 죽음뿐인가. 바로 그때 바바리코트 주머니 속에 있는 휴대폰 벨의 울림이 정적을 깨뜨린다.

"미진 씨, 지금에야 문자를 확인했어. 미안해. 사실 나도 어젯밤에 미진 씨 얘기를 더 듣고 싶었는데 그럴 경황이 아니었어. 아버지 병환이 위독하다는 급한 연락을 받았던 거야. 그래서 제대로 인사도 하지 못하고 전화도 하지 못했던 거고. 이제야 겨우 그 위기를 넘기고 한숨을 돌렸어. 지금 어디야?"

일순 머릿속이 하얘진다. 나는 발걸음을 멈추곤 은빛 작은 새의 환영을 말하면서 그게 내 영혼 같다고 하소연하자 그가 별안간 호탕하게 웃는다.

"하하하, 미진 씨도 붓을 잡을 수 있겠군그래. 그걸 화폭에 담아봐. 영감은 한순간에 나타났다가 한순간에 사라지는 게야. 창작의 빛줄기는 매 순간 그렇게 찾아오는 법이지. 그걸 놓치지 말고 단단히 붙잡아둬. 멀리 도망가지 못하도록 말이야, 알았지!"

순간 눈시울이 붉어진다. 인간의 가장 절실한 욕구는 무엇일까. 그 생각과 동시에 기이하게도 내 안에 잔뜩 웅크리고 있던 그의 잔상들이 물보라를 일으키며 사방으로 흩어진다. 그렇다면 내가 그토록 찾아 헤매던 게 과연 무엇이었을까. 그의 존재가 아니라면 그를 둘러싸고 있던 예술의 껍데기인 그 향기였단 말인가. 그를 통해 잠시나마 엿볼 수 있었던 감성과 창조의 세계.

어느 순간 그와의 관계에서 벗어나자 이와 동시에 그 감정의 흔적도 말끔히 사라진다. 그러면서 내부로 가득 차오르는 충만한 에너지. 나는 눈을 지그시 감은 채 입은 다물고 코로 달빛의 향기를 깊이 들이마신다.

얼마나 오랫동안 그 자리에 목석처럼 우두커니 서 있었을까. 지평선 너머로 숨어 버린 붉은 해를 찾아 힘겹게 걸어온 아련한 시간. 그 붉은 해가 또 하나의 섬이 되어 내 가슴에서 둥둥 떠오르고 있다.

그때 어디선가 탱고 음악이 들려온다. 내 몸은 저절로 파도가 일렁이듯 서서히 움직인다. 나는 두 팔을 크게 벌려 달빛을 부여안고는 그 리듬에 맞춰 한 발 한 발 스텝을 밟으며 빙그르르 돌면서 춤을 추기 시작한다.

고백

(중편소설)

고백

1

한겨울 칼바람이 겹겹이 입은 외투 속으로 파고들자 발끝에서 머리끝까지 냉랭한 한기로 가득 차오른다. 몸을 잔뜩 움츠린 탓에 어깨까지 뻐근하게 아프다. 두 손으로 코드의 깃을 바짝 세워본다. 하지만 날선 추위는 거센 파도가 되어 내 안에서 소용돌이치고 있다. 나는 지금 어디로 가고 있는 것일까. 무작정 버스를 타고 내린 게 바로 저기 보이는 절집을 가기 위해서였을까. 아니다. 갑자기 겨울 바다가 보고 싶어서 무작정 동해 바다로 달려왔다. 넓고 넓은 푸른 바다를 보면 그나마도 가슴 답답함이 좀 나아질까 봐서 말이다. 근데 하늘을 뒤덮을 듯한 거센 파도를 대하자 내 안에 슬픔만 한층 더 커지고 말았다. 인간은 현실감각을 잃어버렸을 때 흔히 뜻하지도 않은 길을 택하게 된다. 내가 지금 그러한 실정에 처해 있다. 마음이 가장 나약해질 때, 그 절박한 심정으로 지푸라기 부여잡듯 의지하고 싶을 때 찾아가는 곳, 바로 '관세음보살'의 품이다. 언젠가 언니와 함께 와 봤던 절집을 이제 스스로 찾아가고 있다.

　뒤돌아보면 지난 삶은 폐기물만 수북이 쌓인 듯, 그것을 제대로 치우지 않고 그대로 살아온 셈이나 다름없었다. 불행을 오롯이 남편의 책임으로 떠넘기며 남편을 더 많이 원망했고 증오하면서 복수의 칼날을 갈고 또 갈았다. 그러나 그 복수의 칼날이라는 게 어느 순간 너무나 어처구니없게도 뚝 부러지고 말았다. 그렇다. 솔직히 말하자면 나는 두 달 전 이혼을 했다. 마음 한구석 그것을 갈구했음에도 불구하고, 막상 그 서류에 도장을 찍고 돌아서자, 뭔가를 잃어버린 듯 가슴에 구멍이 숭숭 뚫려있는 듯했다. 하긴 일방적으로 이혼을 당한 꼴이었으니 그 기분은 이루 말을 할 수 없을 정도로 참담하고 비참했다. 내게 일말의 자존감마저 깡그리 짓뭉개버린 치욕스러운 일이었기에 더 그랬다. 그 때문에 어떤 일에도 하고자 하는 의욕이나 열정이 좀처럼 마음에서 일어나지 않았다. 그 뒤가 더럽고 찝찝하기만 했다. 마치 한 무더기 똥을 싸질러놓고 그걸 제때 치우지 못했다는 불쾌감과 자책감이랄까.

　나는 차츰차츰 깊은 상실감에 빠져들면서 급기야 죽고 싶다는 생각까지 하게 되었다. 시커먼 어둠의 그림자는 밤마다 마치 유령처럼 정적을 뚫고 슬그머니 내게 다가와 은밀히 손을 내밀었다. 함께 깊디깊은 어둠의 동굴 속으로 들어가자고. 그리고 나도 모르게 미끄럼을 타듯 스르륵 우울의 늪으로 깊이깊이 빠져들고 말았다.

　이 세상 한가운데 홀로 덩그러니 버려진 참담한 기분이었다. 이혼녀라는 자괴감과 씁쓸한 그 뒷맛이 가슴속으로 눈물짓게 했다. 삶은 더할 나위 없이 지독히도 외로웠다. 무엇보다 타인들의 시선이 무섭고 두려웠다. 모두가 날 쳐다보며 깔깔깔 비웃고 있는 듯했기 때문이다. 그런 대인기피증은 결국 나를 극도로 히스테릭하게 몰고 갔다. 도통 밖의 출입을 할 수가 없었다. 나는 방구석에 처박혀 몸을 잔뜩 웅크린 채 점점 슬픈 짐승이 되어갔다. 그제야 깨달았다. 내가 이혼을 하든, 안 하든 그것은 내 인생에 아무런 변화도, 도움도 되지 않는다는 명백한 사실을 말이다.

　그 무렵 뜻밖의 전화 한 통이 걸려왔다. 휴대폰 액정화면에 서윤재, 라는 낯익은 이름이 뜨자 화들짝 놀랐다. 혹시 잘못 본 게 아닐까, 하고 몇 번이나 확인했다. 하지만 분명 그였다. 나는 그만 균형을 잃은 채 거의 바닥으로 고꾸라질 뻔했다. 가시에 찔린 듯 심장이 아려오면서도 가슴은 방망이질을 쳤다. 아니 아찔할 정도로 흥분하기도 했다. 짧은 시간 온갖 생각이 착잡하게 교차 되기도 하였다. 반가운 마음 이면에는 독사가 몸을 도사리듯 그를 향한 독기도 내뿜고 있었다. 턱 끝이 파르르 떨렸다.

　7년 전 거리에는 목화솜처럼 흰 눈발이 펑펑 쏟아지고 있었다. 그가 런던으로 떠나던 날이었다. 우리는 인천공항 2층 커피숍에서 만나기로 약속되어 있었다. 그날 그를 간절히 보고 싶었던 나는 한달음에 그곳으로 달려갔다. 그런데 어찌 된 영문인지 그는 모습을 드러내지 않았다. 어떤 전화나 문자도 남기지도 않은 채 그냥 훌쩍 떠나버렸다. 마지막 작별인사도 없이 무정하게 떠나버린 그의 돌발적인 행동을 이해할 수 없었다. 나는 혼란에 빠진 눈빛으로 우두커니 서서 눈물만 흘렸다. 배신의 칼날이 사정없이 급소에 찔린 기분이었다. 그 깊은 상처는 아직도 주홍글씨처럼 가슴에 짙게 새겨져 있었다. 충격은 사람의 마음을 눈뜨게 한다고 했던가. 마음 깊숙한 곳에 그 상처를 감지하게 되자 그를 그토록 그리워하면서도 그를 기억하는 것조차 꺼렸다.

휴대폰 벨은 계속 울어대고 있었다. 잠깐 정신의 균형을 잃었던 나는 북받쳐 오르는 슬픔과 노여움을 가까스로 억누르곤 통화버튼을 터치했다. 휴대폰 너머로 들려오는 그의 다정다감한 목소리는 예전 그대로였다. 나는 줄곧 눈을 감고 숨죽인 채 얘기만 듣고 있었다. 굳이 왜? 어째서? 라고 묻지는 않았다. 세상만사 그 이유를 다 알 수는 없는 노릇이라서 묻고 싶지가 않았다.

들판에는 파란 보리 새싹들이 고개를 내밀어 세상 밖 구경을 하고 있다. 나는 서둘러 주변 군데군데 잡목들이 서 있는 좁은 농로를 따라 종종걸음을 친다. 이윽고 절집이 눈앞에 나타나자 걸음을 멈추곤 심호흡을 길게 내쉰다. 그러고는 어깨에 걸친 가방을 고쳐맨다. 주지스님을 뵈면 무슨 말을 해야 할까. 지금도 어둠의 끝자락을 간신히 붙잡고 있는 삶을 살고 있다고 해야 할까. 고개를 내젓는다. 자책과 원망으로 점철된 지난 나날을 어떻게 말로 다 할 수 있을까. 언니와 함께 안 오고 왜 혼자 왔느냐고 물으면 나는 또 뭐라 대답해야 할까.

길모퉁이에서 멍한 눈으로 일주문을 응시하다가 고개를 들어 하늘을 올려다본다. 만나고 싶소! 다시는 당신과 헤어지고 싶지 않소! 우리의 사랑은 그 무엇과도 바꿀 수 없는 소중한 사랑이오. 그 누구도 소멸시킬 수 없는 아주 귀한 사랑이란 말이오! 사방에서 들려오는 듯한 그의 달콤하고도 감미로운 목소리. 그는 어떻게 변했을까. 무엇 때문에 다시 돌아왔을까. 그리고 지칠 대로 지쳐서 절망에 빠진 내게 왜 또 사랑이라는 희망을 심어주려는 것일까. 여기 쉐라톤 워커힐 호텔 별관 2119호실이오. 기다리고 있겠소! 그 통화를 끝내고 나자 울컥 눈물이 솟구쳤다. 마음 한구석 켜켜이 쌓여 있던 그리움이 한꺼번에 빨간 석류 알처럼 톡톡 터졌다. 어쩌면 이번이 그와의 마지막 재회의 기회인지도 모를 일이다. 언뜻 그 생각이 뇌리에 스치자 나로서는 그를 만나지 않을 수가 없었다. 딱히 갈 곳 없는 내 처지가 몹시 절박했기에 더는 망설일 이유도 없었다. 그렇다고 잃을 것도 없는 나의 삶이었다.

육중한 현관문을 밀치고 텅 빈 좁은 길을 따라 걸어서 큰 도로로 나가 부리나케 택시를 잡아탔다. 잠시 후 택시가 아차산과 한강으로 둘러싸인 자연 속의 호텔 앞에 정차하자 설레는 마음이 좀처럼 진정 되지가 않았다. 호텔 로비에 들어서자 나는 얼른 화장실에 들어가 대충 옷매무새를 매만졌다. 그때 거울 속에는 삶의 껍데기로 싸인 아주 볼품없는 중년의 여인이 우두커니 서 있었다. 눈가에 드리워진 잔주름과 허리에 덕지덕지 붙어 있는 군살. 새삼스럽게 거울 속의 내 모습이 아주 낯설게 다가오자 시선을 거두었다. 공연히 서글퍼졌다. 비바람이 거침없이 흩뿌렸던 지난 삶 속에서 아무렇게나 살아온 세월이 참으로 후회스러웠다. 이제 탱탱한 육체의 싱그러움마저 잃어버린 나의 초라한 모습. 갑자기 그를 만난다는 게 왠지 두렵게만 느껴졌다. 그렇다고 이대로 돌아설 수도 없었다. 내가 원하는 것은 그와의 섹스가 아닌 마음의 소통이기 때문이다. 런던으로 떠나던 날 왜 약속장소에 나오지 않았는지 그 이유라도 꼭 알고 싶었다.

숨을 고르며 천천히 계단을 밟으면서 2층으로 올라갔다. 별관 2119호실. 심장은 빠르게 쿵쾅거렸다. 눈앞에 보이는 벨만 꾹, 누르면 드디어 그를 만날 수 있었다. 가늘게 떨리는 손끝으로 벨을 막 누르려는 순간 별안간 남편의 험악하게 일그러진 얼굴이 높은 장벽처럼 우뚝 내 앞을 가로막았다. 곧이어 콩 볶듯 총을 쏴대는 험한 욕설들. 화냥년! 벌써 네년의 씹구녕이 근질근질해진 모양이군. 갈보 같은 년! 네년이 아무리 그놈이 좋다고 달라붙어도 넌 별수 없는 그놈의 섹스파트너일 뿐이야. 넌 말이야 진즉부터 그놈한테 쓰다가 버린 휴지처럼 버려졌어, 알아! 상스러운 욕설을 퍼부어대던 남편의 모습이 눈앞에서 휙휙 지나가자 가슴이 납덩어리처럼 차디차게 굳어버렸다.

그러니까 이혼하기 며칠 전, 남편은 장롱 서랍에 숨겨 놓은 내 일기장을 찾아내 몰래 훔쳐보았다. 그러고는 석연찮은 표정으로 히뜩 날 쳐다보곤 세상에서 가장 더러운 창녀 취급을 하였다. 사창가에서 호객행위를 하는 창녀들도 너보다는 깨끗할 것이라며 차마 입에 담지 못할 욕설을 마구 퍼부어댔다. 무차별로 가해지는 남편의 온갖 더러운 욕설을 들으면서도 나는 아무런 대응을 하지 않았다. 남편은 광견병에 걸린 미친개처럼 길길이 날뛰며 일기장을 북북 뜯어내어 갈기갈기 찢었다. 그러곤 그걸 마치 꽃가루라도 되는 것처럼 내 머리 위에 확 흩뿌렸다. 그래도 분을 삭이지 못했는지 벌겋게 상기된 얼굴로 내 멱살까지 거머쥐고 호되게 양쪽 뺨까지 후려쳤다.

이판사판으로 몰리게 되자 더는 참을 수 없었다. 나 또한 사정없이 남편의 뺨을 후려갈기곤 죽을힘을 다해 고함을 질러댔다. 흥, 내가 더러운 갈보 년이고 창녀라면 너라는 인간은 대체 뭔데? 더럽기는 매일반 아냐? 처음부터 나 몰래 바람피운 건 바로 너란 인간이었어! 여태까지 왜 모른 척했냐고? 그래, 이렇게라도 네놈한테 복수하고 싶었던 건지도 모르지. 왜? 그래도 마누라 바람난 꼴은 눈뜨고 못 봐주나 보지! 내가 쌍심지를 켜듯이 두 눈을 번쩍 뜨고 대들자 남편은 짐승처럼 포효했다. 야, 그 더러운 입 닥치지 못해! 네년은 세상에서 가장 더럽고 추잡한 창녀란 말이야! 남편은 잽싸게 내 팔을 잡아채곤 질질 끌며 문밖으로 끌어내리려고 하자 내가 왈칵 덤벼들어 남편의 손목을 꽉 깨물어버렸다. 악, 비명과 함께 순식간에 진흙탕 개싸움이 한바탕 벌어졌다.

그 사건이 바로 어제 일처럼 환이 기억 속에 생생히 살아나자 나는 한 발짝 뒤로 물러서곤 씹어뱉듯이 중얼거렸다. 어쩌면 그때 남편의 말이 옳은지도 모른다. 내가 이미 그에게 휴지처럼 버려진 존재인지도 모를 일이지 않은가. 그런 생각과 동시에 불길이 이는 듯 눈이 화끈거리면서 모세혈관에서 흐르던 뜨거운 피가 싸늘히 식어버렸다. 한순간 실망과 비애와 수치를 동시에 느끼자 자신을 원망하지 않을 수 없었다. 왜 하필이면 그 전화를 받고 말았을까. 이제는 그에게 아무런 미련이 있을 까닭이 없지 않은가. 번쩍 정신이 든 나는 부르르 진저리를 치며 황급히 돌아섰다.

아파트로 돌아오자 때마침 가게 일을 마친 언니가 와 있었다. 언니는 날 위아래로 쭉 훑어보곤 대체 어디를 다녀오느냐며 걱정스러운 표정으로 물어왔다. 나는 애써 그 시선을 피하며 대학 선배를 만났다고 에둘러 말하곤 곧장 내 방으로 들어와 침대에 드러누웠다. 몸에서는 열이 끓어올랐고, 살갗에는 소름이 깨알처럼 돋아났다. 자존심도 없이 그가 부른다고 냉큼 달려간 나의 가벼운 행동이 정말이지 싸구려 창녀처럼 느껴져서 지긋지긋하게 내가 싫어졌다.

살이 에이는 듯한 칼바람이 목덜미를 스쳐 지나가자 온몸은 고드름처럼 꽁꽁 얼어붙는 듯하다. 나는 상체를 부르르 떨며 일주문 안으로 들어선다. 이제 끝난 인연을 붙들고 고통스러워할 필요는 없다고 나를 위로하며 관세음보살 염불을 읊조려본다. 남편도, 그도, 모두 지나간 인연일 뿐이다. 진흙처럼 질펀한 지난 삶의 무대에서 나는 오로지 내가 맡은 광대 역할만 충실히 이행했다. 인생에서 최악은 쇼윈도부부로 사는 것이다. 뒤늦게라도 그 관계를 깨끗이 청산한 것은 어쩌면 다행한 일인지도 모른다. '인연 따라 마음을 일으키고 인연 따라 받아들여야 하겠지만 집착만은 놓아야 한다'는 법정 스님의 말씀을 떠올리며 법당으로 향한다.

부처님 전에 향을 피워 꽂아놓고, 두 손을 포개어 가슴으로 모아 무릎을 꿇고 앉아 머리를 조아리며 백팔 배를 올린다. 무릎을 꿇고 몸을 엎드려 절을 할 때마다 가슴을 옥죄는 아픔이 밀려온다. 엄마, 또 언제 와? 민지야, 당분간만 할머니랑 함께 지내고 있어! 나와 남편의 속사정을 세세히 모르는 시어머니는 당신의 아파트에서 손녀를 돌보고 있었다. 나는 왈칵 쏟아지려는 눈물을 애써 참으며 딸아이를 부둥켜안자, 민지는 어리둥절한 표정으로 할머니와 나를 번갈아 가며 바라보았다. 안쓰러운 딸아이의 얼굴이 언뜻언뜻 스치고 지나가자 가슴은 천 갈래 만 갈래 찢어진다. 나는 연신 기도를 하면서 손바닥으로 가슴을 꾹꾹 눌러본다. 어미로서 세상에서 가장 몹쓸 짓을 했다는 게 고통스러워진다. 두 눈에 가득 고인 눈물이 바닥으로 뚝뚝 떨어진다. 나는 골백번도 더 자신을 질책하며 입속으로 염불을 읊조리고 또 읊조리며 기도를 한다. '관세음보살, 관세음보살…'

절의 경내로 나오자 이마에 송골송골 맺힌 땀방울을 손수건으로 훔쳐내곤 주위를 둘러본다. 저쪽 유자나무에는 다섯 개의 노오란 유자가 가지에 대롱대롱 매달려 있다. 건너편 숲이 우거진 곳에선 새들의 지저귐 또한 유쾌하게 들려온다. 오랜만에 기도를 한 탓인지 꽁꽁 얼어 있던 몸의 체온이 따뜻해지면서 그동안 쌓인 피로까지도 싹 풀리는 듯하다. 나는 간만에 산책을 즐기듯이 대나무가 우거진 길을 따라 걷다가 문득 발걸음을 멈춘다. 바로 옆 연못처럼 보이는 작은 웅덩이에

금붕어들은 먹이를 찾아 이리저리 헤엄치며 돌아다니고 있다. 그 모습이 나의 처지와 다를 바가 없다. 아니다, 금붕어들은 자연생태계에서 스스로 먹이를 구할 수 있지만 나는 당장 일자리를 구해야만 생활을 유지할 수 있다. 그렇다면 그 일자리를 어디에서 구할까. 당장 먹고사는 일이 최급무다. 그간 먹고사는 데 별문제가 없이 지내다가 이혼하고 혼자가 되자 그 문제가 가장 커다란 걱정이 아닐 수가 없다. 인간은 자기 자신을 변모하지 않고서는 인생을 변화시키지는 못하는 법이다. 그러니 내게도 무엇보다 새로운 삶의 도전과 용기가 필요한 시점이다.

이혼한 후부터 내가 여기저기 일자리를 알아보고 있다는 걸 눈치를 챈 언니는 어느 날 자기가 운영하는 가게에서 함께 장사해보자고 제의해왔다. 그렇지만 그것 또한 쉽사리 결정할 수 없었다. 이제껏 많은 도움을 받으며 살아왔는데, 혼자가 되었다고 해서 언니에게 부담을 떠안겨주고 싶지가 않았다. 엎친 데 덮친 격이랄까. 이혼과 동시에 찾아온 불안정한 미래의 삶은 극심한 피로와 불안감으로 밀어닥쳤다. 그렇다고 마땅한 일자리를 찾을 수 있는 것도 아니었다. 가정주부로 살아온 세월이 많은 탓에 내가 할 수 있는 일은 단순노동밖에 없었다. 현실은 그리 만만치가 않았다. 그걸 깨달은 순간부터 내 존재 가치를 잃게 되었고 우울증세도 더 심해지고 말았다. 그 무렵 전혀 예상하지 못한 일이 벌어졌다. 갑작스럽게 걸려온 그의 전화가 한순간 우울의 늪에서 허우적거리고 있는 날 벗어나게 해주었다.

지금도 그는 나를 찾고 있다. 나는 벨 소리가 울리는 휴대폰을 만지작거리다가 끝내 전화를 받지 않았다. 한번 떠난 사람을 또 어쩌란 말인가. 솔직히 그를 도무지 감당할 자신이 없다. 그는 머지않아 다시 예전처럼 런던으로 떠날 게 아니던가. 그러면 나는 그가 없는 도시에서 그의 긴 그림자만을 끌어안고 가슴 아파할 게 뻔하다. 이제 반복되는 아픔의 고통은 더는 하고 싶지가 않아진다. 그게 사랑인지 아니면 그가 당분간 파트너가 필요해서 그런지 그 속마음도 알 수 없는 노릇이다. 설령 그 마음이 진심이라고 해도 내 마음은 이미 멀리 와버렸다. 여태껏 아무런 연락조차도 없던 그가 왜 느닷없이 나타나서 나를 찾는단 말인가. 그것도 사랑이라는 말을 들먹이면서. 마디마디 끊긴 추억의 불빛이 기억에서 뛰어나오자 눈시울이 붉어진다.

절간 맞은편을 바라본다. 농촌의 정겨운 마을들이 옹기종기 한자리에 모여 있다. 근처 논밭에는 올해도 풍년을 기원하는 농민들의 손길이 곳곳에서 묻어난다. 오랜만에 소박하고 평화로운 농촌풍경을 보게 되자 나도 모든 거 훌훌 털어버리고 홀가분히 귀농하고 싶다는 마음이 간절해진다. 그때 등 뒤에서 인기척 소리가 들려오자 나는 얼른 고개를 돌린다. 주지 스님이 아닌 처음 뵈는 스님이다. 내가 두 손을 모아 합장을 하고 고개를 숙이며 인사를 하자 스님도 인사를 건네고는 먼 저 말을 걸어온다.

"보살님, 조금 전 법당에서 기도하고 나오셨습니까?"

"아, 예, 스님."

"혹시 주지스님 뵈러 온 게 아닙니까? 스님께서 손님이 오 신다고 하셨거든요."

"아아, 아닙니다. 전 그냥…, 주지스님 계신가요?"

"스님께선 출타 중이십니다."

매서운 추위 때문인지 절간은 인적이 끊긴 듯 정적만이 감 돌고 있다. 내가 걸음을 떼지 않고 고개를 이리저리 돌리며 두 손바닥으로 얼얼한 뺨을 문지르자, 스님은 정감이 듬뿍 담긴 부드러운 목소리로 말한다.

"보살님, 차라도 공양하시고 가시렵니까?"

"아, 예, 고맙습니다!"

그 말을 기다렸다는 듯이 내가 반색을 하자 스님의 입가에 엷은 미소가 감돈다. 나는 스님의 뒤를 따라 총총히 발걸음 옮긴다. 어쩌면 주지스님께서 출타 중인 게 천만다행인지도 모른다. 그동안 불법 공부를 하고 있었느냐고 물어오면 내 입 장이 여간 난처해지는 게 아니기 때문이다. 잠시 숙이고 있던 고개를 들자 찬바람과 함께 거센 눈발이 얼굴에 확 달려든다.

요사채로 들어온 내가 예를 갖추곤 스님께 삼배를 올리자 스님은 내게 앉을 자리를 권한다. 얼떨결에 방석에 앉은 나는 시선을 어디로 둬야 할지 몰라 잠시 우물쭈물 망설이다가 이내 방 안 주위를 쭉 훑어본다. 미닫이 방문이 열린 두 개의 방이 서로 마주 보고 있다. 그 공간에서 솔솔 풍겨오는 은은한 차향의 향긋함이 물씬 코끝으로 스며들자 한결 기분이 상쾌해진다. 한쪽 방 모퉁이 책상 옆에는 가지런히 옛 물건들이 마치 골동품처럼 세워져 있다. 그래서인지 분위기가 어쩐지 더 운치가 있어 보인다.

스님은 찻상에 두 개의 다기 잔을 놓곤 전기 주전자에서 찻물을 끓인다. 나는 고개를 약간 떨구곤 찻상으로 시선을 모은다. 찻상은 자유자재로 굴러다니고 있다. 자세히 살펴보니 초가의 세살창을 반으로 잘라서 만든 것이다. 그 모서리마다 바퀴가 달려 있다. 묵은 때를 사포질로 깔끔히 닦아내어 니스 칠을 한 뒤 한지를 곱게 발라 투명한 유리를 깔아놓으니, 찻상은 그야말로 아주 고상하면서도 멋스럽다.

"보살님, 무얼 그리 유심히 보십니까?"

"찻상이 독특해서요. 세살창을 이렇게 반으로 잘라 만들어 놓으니 아주 근사한 찻상이 되었네요!"

"그렇지요. 그러고 보면 세상에는 쓸모없는 물건이란 없는 게지요. 그 물건들을 어떻게 재활용하여 사용하느냐에 달려 있으니까요. 참, 보살님은 작설차를 좋아하실지 모르겠군요?"

"아, 차라면 다 좋아해요, 스님."

"저는 위가 별로 안 좋아서 주로 이 차를 즐겨 마십니다. 처음엔 텁텁해도 나중에는 그 향긋한 내음이 입안에서 서서히 퍼지면서 은은하게 감돌지요."

스님은 작설차 봉지를 가위로 잘라 그 잎을 다기 주전자 속에 넣곤 잠시 뒤 우려낸 차를 잔에 따라준다. 파르스름한 빛깔이 곱게 퍼지는 찻잔을 받아든 나는 다소곳이 머리를 숙이고는 차를 한 모금씩 마셔본다. 찻물의 따끈한 온기가 내부로 흘러 들어가자 긴장된 근육들이 사르르 아이스크림 녹아내리듯 풀린다.

처음 언니하고 이 절집을 찾았을 땐 모든 게 생소하고 엄숙하기만 했다. 특히 주지스님 앞에 무릎을 꿇고 앉아 있을 때는 도무지 입이 열리지도 않았다. 그냥 사는 게 힘들다는 말만 겨우 내뱉었을 뿐. 스님은 그 이유를 묻지도 않은 채 그냥 맘 편히 하룻밤 묵고 가라고만 했다. 그날이 바로 그가 런던으로 떠나던 날이었다. 인천공항에서 그를 만나지 못한 나는 허탈한 심정으로 돌아서선 언니네 아파트로 돌아와 통곡하듯 큰소리로 엉엉 울고 말았다. 자신을 불쌍히 여길수록 그에 대한 미움의 불길은 더욱 맹렬히 타올랐다. 뒤늦게 모든 걸 알게 된 언니는 서둘러 날 이곳 절집으로 데리고 왔다. 진정으로 불법을 공부하다 보면 괴로운 마음도 스스로 다스릴 수 있게 된다면서 공부를 해보라고 권했다. 그러나 나는 그것에는 통 관심이 없었다. 마음이 괴롭거나 고통스러울 때 그냥 관세음보살 염불을 반복해서 읊조리며 기도하다 보면 다소 답답한 마음이 해소되었다. 그 때문에 불법을 공부하라는 말을 듣게 되면 귓등으로도 안 들었다.

짧은 상념에 젖어 있던 내가 정신을 가다듬고 스님을 보았을 때, 스님의 두 눈동자는 어딘지 모를 곳을 하염없이 바라보고 있었다. 방금과는 판이하게 그 모습이 다르게 보이자 몹시 당황스러웠다. 혹시 나 때문에 불편해하시는 건 아닐까. 스님의 저 표정은 무엇을 의미하는 것일까. 말을 하지 않아도 그 느낌이 고스란히 전해지는 듯하자 괜스레 스님께 죄송스러워진다. 내가 말똥히 앉아 있자 스님은 다시 인자한 모습으로 날 지그시 바라본다.

"보살님, 무릎을 꿇지 말고 편히 앉으십시오. 그래야 차 맛을 제대로 즐길 수 있습니다."

나는 멋쩍게 웃고는 마지못한 듯 자세를 고쳐 앉은 후 원목 탁자 위에 놓인 두꺼운 여러 권의 책을 눈길로 넌지시 훑어본다. 책 표지에 적힌 글자를 도무지 읽어낼 도리가 없다. 그것

들은 모두 어려운 한문과 영문서적이다. 찻잔을 거의 비웠을
즈음 스님은 마음이 답답한지 몸을 일으켜 창살 문을 한쪽으
로 밀어젖힌다. 그러자 유리창 문을 통해 잠깐 비추는 연한
햇살이 방 안을 온화하게 비춘다. 그 너머에 참새 몇 마리가
전깃줄에 앉아 저들끼리 재잘거리는 모습이 아주 정겹게 보
인다. 문득 시가 쓰고 싶어진다. 내가 만일 시인이라면 금상
첨화의 시어들이 줄줄이 쏟아져 나올 것만 같다. 처음으로
느껴보는 고풍스러움과 아늑한 분위기 탓일까. 선조들의 숨
결을 그대로 느낄 수 있을 것만 같은 공간에서 오랫동안 머물
수만 있다면 얼마나 좋을까. 다시 창살 문을 닫은 스님은 제
자리에 앉은 뒤 빈 찻잔에 차를 따라주곤 수정처럼 반짝이는
커다란 눈동자를 굴린다.

"보살님은 절을 다닌 지는 얼마나 됐습니까?"

"글쎄요…. 저어, 그냥저냥 언니를 따라 절집을 돌아다니다
보니…, 그렇다고 딱히 어느 절의 신도는 아니고요. 부끄럽지
만 불법도 아는 게 없고요. 하지만 제 언니는 불법 공부를 많
이 해서 잘 알고 있답니다."

"흠흠, 보살님도 언니와 공부를 함께 하셨으면 참으로 좋았
을 것을. 하지만 지금도 늦지 않았습니다."

"근데 스님, 마음을 의지할 곳은 부처님 품이라는 걸 너무
잘 알면서도 그게 생각처럼 잘 되질 않아서요. 물론 언니는

저한테 제발 불법을 공부하라고 잔소리도 많이 했었지요. 그런데도 왜 그게 절실히 내 가슴에 와 닿지 않을까요?"

"종교에 대한 믿음이 부족해서지요. 불법을 제대로 알고 기도해야만 그 믿음 또한 깊어지는 법인데 그러질 못해서요. 인간은 태어나면서부터 업을 지고 살아갑니다. 이생에 지은 업을 빌고 또 빌어야 다음 생에 죗값을 덜게 되지요. 그러하기에 우리 중생들은 불법을 공부하고 부처님께 정성껏 기도를 드리는 게지요."

"그렇다면 스님, 제가 부처님과의 인연이 그리 깊지가 않은가 봅니다. 지금도 번뇌의 짐을 머릿속에서 뜯어내지 못하고 있으니 말이에요."

"보살님 스스로가 그 마음을 알고 있다는 것은 그만큼 부처님과의 인연이 깊다는 겁니다. 지금부터라도 불법을 공부하십시오."

불법이라는 말이 나오자 나는 얼른 말꼬리를 돌려버린다.

"참, 주지스님은 언제쯤 돌아옵니까?"

"아마도 두 시간 후쯤엔 돌아오실 겁니다. 친견하시고 가시렵니까?"

"아뇨. 다음 기회에 찾아뵙죠. 그럼 스님은 계속 이 절에 계실 건가요?"

"모르겠습니다. 어서 빨리 몸이 회복되어야 다시 선방으로 들어갈 텐데, 후유."

깊은 한숨을 내쉬는 스님의 커다란 눈동자가 잠깐 흔들리면서 낯빛도 금세 백지장처럼 창백해진다.

"스님, 어디 몸이 안 좋으십니까?

"사실 건강이 그다지 좋지가 않아 한 철을 이 절집에서 머물며 건강을 돌보고 있습니다."

그제야 나는 조금 전 고뇌에 찬 스님의 의외의 표정을 이해할 수 있었다. 인간이 가장 절실한 욕구는 자신의 분리 상태를 극복하여 고독이라는 감옥으로부터 해방되고자 하는 욕구라고 한다. 참선 공부라는 것도 일종의 그런 게 아닐까 싶다. 인간의 삶 끝에 가까스로 매달려 있는 그 서릿발 같은 봉우리. 그 봉우리 꽃을 활짝 피울 수도, 영영 피우지 못할 수도 있다. 그렇다면 그 엄청난 칼날 같은 절대고독의 궁극적인 깨달음의 경지란 과연 어떤 것일까. 신이 우주 삼라만상을 만든 이유와 그 비법까지도 훤히 꿰뚫어 볼 수 있는 세계일까. 내가 양미간을 살짝 찌푸리며 잠시 상념에 젖어 있을 때 스님은 내 얼굴을 샅샅이 살펴보고 있다.

"보살님 얼굴색이 매우 어두워 보이십니다. 무슨 걱정이라도 있습니까?"

스님이 정곡을 찌르듯 물어오자 나도 모르게 나직한 한숨을 내쉬고 만다.

"후유, 세상살이가 참으로 힘듭니다, 스님!"

"그러니까 부처님 법을 공부하고 마음을 다스리라 하지 않습니까!"

"어떻게 하면 마음의 괴로움을 이겨낼 수 있을까요?"

"모두가 마음의 집착 때문에 번뇌가 일어나는 겁니다. 그 본질적인 문제를 잘 살핀 다음 부처님께 기도하면서 불법을 실천하다 보면, 자연히 마음의 고요를 찾게 되지요. 마치 바람 속에 고요를 즐기듯이 말입니다."

"이게 다 전생의 업 때문일까요?"

"모두 자기 마음먹기에 달려 있지요. 지금 보살님 앞에 놓인 처지나 운명을 탓하기보다는 그 마음을 잘 살피고 보듬어서 진정으로 자기를 감싸고 사랑하십시오. 본인이 자기를 사랑하지 않으면 어느 누가 자기를 사랑하겠습니까? 그러니 이제부터라도 불법 공부를 시작하면서 그 마음도 함께 다스려 보시지요. 혹시 '불교성전' 책을 읽어보셨습니까?"

"아…직 못 읽어봤어요."

"그렇다면 근래에 어떤 책을 읽으셨는지요?"

"저, '달마'와 라마나 마하리쉬의 '나는 누구인가'란 책을 읽어봤어요. 저의 좁은 식견으로는 그 깊은 뜻을 이해할 수가 없더군요. 낯선 언어들도 생소했고요. 진아(眞我)를 깨닫기 위해 자기 내면으로 몰입해야 한다는 의문과, 화두(話頭)의

본질이 진정 무엇을 의미하는지, 그 깊은 뜻이 어떤 것인지도 잘 모르겠고요."

"진아(眞我)를 안다는 것은 진아가 되는 것이며, 그것은 곧 자신의 실체로 돌아감을 의미합니다. 자기의 눈을 스스로 바라보지는 못해도 자기 눈이 있다는 사실을 부정할 수는 없듯이 말입니다. 인간은 모두 자기 존재를 부정할 수는 없지요. 그러니 내면을 바로 보기 위해서는 '나는 누구인가'라는 의문을 가지고 더 깊숙이 내면으로 몰입해야 합니다. 이는 선가(禪家)의 화두(話頭), 특히 '이 뭐꼬'와 조금도 다르지 않답니다."

나는 스님의 얼굴에서 좀체 눈길을 거두지 못한 채 연신 머리만을 끄덕인다. 대체 그 말이 어떤 의미인지 알아듣지도 못하면서 마치 그걸 다 이해하고 있다는 것처럼. 스님은 마지막 찻잔을 내려놓으며 다시 말을 이어간다.

"보살님, 이번 기회에 '불교성전' 읽어보시고 '법구경'도 읽어보세요. 우선 믿음을 가져야 합니다. 그 믿음이 없다면 마음은 마냥 겉으로만 맴돌 수밖에 없지요. 확실한 믿음을 가졌을 때 마음의 문도 활짝 열리게 되고, 진정한 불법도 공부하게 되는 겁니다."

스님은 찻상을 정리하곤 펜을 들어 뭔가 적은 메모지 한 장을 내게 건넨다. 메모지에는 '베샤카의 아침', '사라하의 노

120

래', '마하무드라의 노래'라는 세 권의 책 제목이 적혀 있다. 스님은 평소 라즈니쉬를 존경한다고 한다.

"그분 살아생전 뵙지 못한 게 그토록 미련으로 남았습니다. 그래서 재작년 인도에 갔을 때 일부러 라즈니쉬 명상센터를 찾아갔지요. 그때야 신비의 음악이 흐르고 있는 커다란 영상화면에서 라즈니쉬 살아생전 모습을 뵙게 되었어요. 그 커다란 신비로운 두 눈은 마치 자석처럼 내 마음 깊숙이 스며들어왔습니다. 그 체험은 너무 황홀해서 아직도 그 무한한 감동의 느낌을 잊을 수가 없답니다."

스님은 내게도 인도로 여행가게 되면 꼭 그곳을 들러보라고 권유한다. 내가 말없이 고개를 끄덕이자 이번에는 반야심경 탁본이 들어 있는 봉투를 건네며 한마디 덧붙인다.

"마음이 어지러울 때마다 한 글자 한 글자 그 의미를 되새기며 정성껏 써보십시오. 그러면 한결 마음이 편안해질 겁니다."

"감사합니다, 스님! 다음번엔 어느 절로 가시나요?"

"저도 모르지요. 건강이 어느 정도 회복되면 아마도 어느 절의 선방(禪房)으로 들어가겠지요."

"또 인연이 있으면 스님을 뵐 수 있겠지요?"

"물론이지요. 보살님도 집으로 돌아가시면 이번 기회에 불법 공부를 시작하십시오."

"스님, 성불하십시오!"

작별인사를 드리고 요사채에서 나오자 어느새 거리에는 밤
송이 같은 굵은 눈발이 펑펑 쏟아지고 있었다. 적막강산처럼
느껴지던 세상은 온통 솜사탕처럼 새하얗게 변해 있다. 내
마음 가장 밑바닥에 있는 추악함도 저 흰 눈으로 말끔히 덮
어버릴 순 없는 것일까. 나는 씁쓸하게 웃으며 그 누구도 밟
지 않은 순백의 솜털 같은 눈을 뽀드득, 뽀드득 밟으며 서둘
러 경내를 지나 일주문을 빠져나온다. 그리고 얼마나 더 걸었
을까. 갑자기 두 다리가 바닥에 착 달라붙어 영 떨어지지 않
는다. 깨알처럼 적어 놓은 일기장의 활자들이 단단히 내 발
목을 비끄러맨 것이다. 이윽고 꽁꽁 갇혀 있던 노트 속의 언
어들이 반란이라도 일으키듯 일체 바깥세상으로 나온다. 한
순간 새하얀 세상은 온통 새까만 활자들로 변해버린다.

*

N 도시에는 흰 눈이 펄펄 내리고 있었어요. 눈이 내리는 거
리를 하염없이 걷다 보니 근사한 레스토랑이 눈에 들어왔지
요. 나는 온몸을 부들부들 떨며 레스토랑 앞에 잠시 발걸음
을 멈추었어요. 문득 따뜻한 실내 공간으로 들어가고 싶다는

생각이 들었어요. 지칠 대로 지친 몸과 마음을 좀 쉬고 싶었어요. 양어깨를 축 늘어뜨린 나는 나선형으로 된 옥외계단을 뚜벅뚜벅 밟으며 원형의 건물 안으로 들어갔지요.

당신은 오렌지 빛깔의 탁자 포가 씌워진 파스텔 톤의 인조 가죽 소파에 앉아 담배를 피우고 있었어요. 붉은 조명이 내리쬐는 벽면에는 박수근의 판화와 르느와르의 복제화인 여자의 누드 그림이 나붙어 있었고요. 등받이에 몸을 붙이고 앉은 당신의 망연한 눈빛은 그림들을 응시하고 있었어요. 언뜻 실성한 듯 한쪽 입꼬리를 살짝 올리며 웃고 있는 당신의 표정이 단박에 눈에 띌 정도로 내 시선을 잡아끌었지요. 나는 잠깐 당신을 쳐다보고 곧바로 저쪽 구석진 곳으로 연결된 두 칸의 계단을 밟고 내려가 또 다른 공간으로 나갔어요. 건물을 빙 둘러싸고 있는 통유리가 낯선 도시를 한눈에 내다볼 수 있도록 전망대 역할을 하고 있었어요. 손님이라고 해봐야 고작 대여섯 명뿐. 나는 그들과 좀 떨어진 자리에 앉아 외등과 쇼윈도의 휘황한 불빛을 바라보았어요. 그러다가 고개를 돌려 저 멀리 한적한 마을 쪽으로 시선을 내던졌지요. 지붕에는 저마다 하얀 털모자를 뒤집어쓴 것처럼 눈이 소복소복 쌓여 있었어요. 나뭇가지에는 상고대가 탐스럽게 피어있고요. 어릴 적 크리스마스 카드에서 본 듯한 소박하고도 아름다운 풍광이 뇌리에 떠올랐다가 사라졌어요. 그때 문득 죽고 싶다는 생각이 들었어요. 낯선 도시에서 이리저리 방황하고 있는 내 꼴이 참으로 비참하게 느껴졌으니까요. 그런 내가 다시 집으로 들어가야 한다는 게 마음을 더없이 슬프게 했어요. 그래요. 남편은 바람이 났던 거예요. 그것도 새파랗게 젊은 년 하고요. 오늘 그걸 목격하는 순간 분노로 치를 떨었어요. 시뻘건 용암이 펄펄 들끓어대는 것처럼 그 분노가 가슴에서 용솟음쳐 올라왔지요. 전혀 상상도 못 했던 일이 내게 닥치고 말았던 거예요. 머리 꼭대기까지 화가 치밀자 당장 남편에게 달려들어 멱살을 틀어잡고 따져 묻고 싶었어요. 하지만 그러질 못했어요. 그래서 더 울화가 치밀었는지도 몰라요. 내가 너무 바보 같아서요. 어서 이 악몽의 순간이 한시바삐 사라지길, 아니 제발 꿈이길 간절히 바랐어요. 그런데 불행하게도 현실이었어요. 나는 그만 이성을 잃고 울부짖고 말았어요. 죽일 놈, 배신자, 기어코 내 가슴에 대못을 박았구나. 미친 듯이 혼자 중얼거렸지요.

내가 고개를 숙이고 두 손으로 얼굴을 가리며 괴로움을 씹고 있을 때 등 뒤에서 누군가 날 부르는 소리가 들려왔어요.

"저, 저기요!"

고개를 들어 뒤를 보았어요. 당신이더군요.

"저를… 불렀나요?"

"혹시 실례가 안 된다면 제가 잠깐 이 자리에 앉아도 되겠습니까?"

당신은 호소하듯 떨리는 목소리로 말했어요. 우두커니 서 있는 당신의 외까풀 안에 숨겨진 검은 동공에는 알 수 없는 두려움과 공허함으로 가득했지요. 외로움이란 서로 말하지 않아도 통하는 법일까요. 나는 당신의 황망히 출렁이는 눈동자를 가만히 응시하다가 고개를 끄떡였어요. 퀭한 눈의 당신은 간절히 날 원하고 있었으니까요. 당신은 내가 앉은 맞은편 자리에 털썩 주저앉았어요. 나는 두 손을 무릎에 얹고는 빠르게 눈동자를 굴리며 당신의 옷차림부터 훑어보았지요. 줄무늬가 있는 잉크색 양복과 와인색 와이셔츠, 꽃무늬가 박힌 넥타이를 매고 있는 당신은 어딘지 모를 지적인 면모도 엿보였어요. 하지만 당신의 얼굴에서 남편의 얼굴이 클로즈업되자 다시금 격심한 배신감에 부르르 치를 떨었어요. 복수의 앙갚음이라도 하고 싶었을까요. 그래요. 당신을 통해서라도 남편의 존재를 철저히 잊고 싶었는지도 몰라요.

당신은 한동안 침묵하더니 이내 깊은 한숨을 내쉬었어요. 그 분위기가 어찌나 어색하고 서먹서먹하던지, 내가 짜증이 나고 답답할 지경이었어요. 뒤늦게 당신은 웨이터를 부르곤 양주와 안주 한 접시를 주문하곤 한마디 덧붙였지요.

"김광석이 부른 '어느 60대 노부부의 이야기' 노래를 들을 수 있을까요?"

순간 귀가 번쩍 띄었어요. 그 노래는 저도 무척이나 좋아했으니까요. 그래서 우린 뭔가 통하는 구석이 있구나, 하고 생각했지요. 그 노래를 좋아하는 당신이라면 분명 상처받은 내 마음도 위로해줄 것만 같은 막연한 기대감이랄까요. 주문을 받은 웨이터가 고개를 끄덕이며 돌아서자 그제야 굳게 닫혀 있던 내 입이 저절로 열렸어요.

"그 노래 저도 좋아해요. 그 노래를 듣고 있으면 내 눈에 눈물이 나게 하거든요."

그러자 당신은 날 빤히 쳐다보며 말했지요.

"그렇군요. 저는 오늘따라 죽은 친구가 그립지 뭡니까! 그 노래는 가수를 꿈꾸던 그놈이 즐겨 부르던 노래였는데…. 안타깝게도 놈은 자기 꿈을 펼쳐보지도 못한 채 그만 자살했지 뭡니까. 그쪽은 왜 그 노래가 좋습니까?"

심상치 않은 전조를 띤 당신의 말에 나는 한참 뜸을 들였다가 말했어요.

"실은, 제 형부가 잘 부르던 노래였는데 아주 오래전에 형부가 교통사고로 돌아가셨지 뭐예요. 그 노래를 듣고 있으면 형부가 생각나서요."

"참으로 묘한 인연이군요. 서로의 처지가 비슷한 거 보니 말입니다."

잠시 후 노래가 흘러나오자 탁자 위에 올려놓은 당신의 손끝이 살짝 파들거렸어요. 그러고는 심한 갈증을 느꼈는지 컵에 물을 가득 따라 그걸 단숨에 목구멍으로 쏟아부었지요. 노래는 가슴을 아리도록 깊숙이 파고 들어왔어요. 금세 형부의 얼굴이 동그랗게 떠올랐고, 영안실에서 형부의 시신을 끌어안고 서럽게 통곡하던 언니의 모습도 떠올랐어요. 슬픔이 자꾸만 꾸역꾸역 목구멍으로 올라오자 나는 침통한 표정으로 고개를 숙이곤 탁자만을 보았지요. 웨이터가 탁자 위에 술과 안주를 내려놓고 돌아섰어요. 잠시 뒤 노래가 끝나자 당신은 두 잔에 술을 가득 채워 한 잔을 내게 건넸어요. 나는 마치 술에 굶주린 사람처럼 그 독한 술을 단숨에 들이켰어요. 위장이 빈 항아리처럼 텅텅 비어서인지 단번에 취기가 확 올라오면서 몸이 후끈 더워지더군요. 당신은 몇 잔을 스트레이트로 마시고는 이내 혼잣말처럼 중얼거렸어요.

"젠장, 정말 더러운 세상이라니까!"

흠칫 놀란 내가 당신을 노려보았어요. 당신은 술잔을 거칠게 탁자 위에 탁, 내려놓곤 거침없이 말했어요.

"우리가 이렇게 만난 것도 다 인연이니 오늘은 술이나 실컷 마셔봅시다!"

당신의 말이 언뜻 귀에 거슬렸어요. 날 헤픈 여자라고 비웃고 있는 듯했으니까요. 자격지심이랄까요. 남편한테 배신당한 내가 이제 낯선 남자한테까지 함부로 싸구려 취급을 받고 있구나, 하고 생각하니까 불쾌감이 확 일었어요. 그 감정을 억누르며 내가 쌀쌀한 표정으로 퉁명스럽게 말했지요.

"지금 제가 초라하고 처량해 보이시나요?"

붉게 충혈된 당신의 눈이 나를 찌를 듯이 쏘아보았어요. 그러자 남편에 대한 미움과 원망이 더 쌓여 그토록 증오스러울 수가 없었어요. 자기 아내를 낯선 도시에서 이처럼 초라한 모습으로 방황하게 했으니까요.

오늘, 점심을 먹은 후 유아용품을 사려고 남편의 증권회사 근처 백화점에 갔어요. 늘 집에서 살림만 하다 보니 마음이 여간 갑갑한 게 아니었거든요. 하여 간만에 아이 쇼핑을 할 겸 외출하게 된 게지요. 혹시라도 남편이 일찍 퇴근하면 함께 저녁 외식이라도 하려고요. 뒷골목에는 각종 맛난 음식을 파는 식당가가 많았으니까요. 쇼핑을 끝내고는 곧장 남편에게 전화하려고 했어요. 그런데 휴대폰 밧데리가 방전이 되어버린 걸 뒤늦게 알게 되었어요. 당황한 나는 근처 충전할 만한 휴대폰 대리점을 찾아보려고 여기저기 돌아다녔어요. 그때 남편을 보고 말았어요. 처음엔 제 눈을 의심하며 고개를 갸웃거렸어요. 하지만 영락없는 남편이었어요. 호텔에서 막 빠져나온 남편은 젊은 여자랑 팔짱을 끼고 활짝 웃으며 영화관 쪽으로 향하고 있었어요. 순간 심장이 쿵 내려앉으면서 다리에 힘이 쫙 풀렸어요. 마음 같아선 뒤쫓아가 당장 두 년 놈을

요절내고 싶었어요. 하지만 제 등에는 돌이 갓 지난 딸아이가 세상모르게 잠들어 있었지요.

머릿속이 하얘진 나는 분노로 몸을 파들거렸어요. 결혼하고 줄곧 남편만 믿고 의지하며 살아온 지난 세월이 더없이 허망하고 원망스러웠지요. 나는 한참 동안 넋이 나간 사람처럼 멍청히 서 있기만 했어요. 사태를 어떻게 수습해야 할지 그 방도를 전혀 알지 못했어요. 물론 많은 단어가 머릿속에서 뱅글뱅글 떠올랐어요. 복수, 배신, 이혼, 위자료…. 나는 그 어느 것 하나도 선택할 수가 없었지요. 기진맥진 넋이 다 나간 몰골로 집안에 들어오자 금방이라도 숨이 멎을 것처럼 가슴이 고통스러웠어요. 내가 공기가 없는 미끈미끈한 유리병에 꽁꽁 갇혀 있는 듯했으니까요. 뒤늦게야 남편한테 전화를 해봤어요. 남편의 휴대폰은 꺼져 있더군요. 남편과 그 여자의 얼굴이 눈앞에 어른거렸어요. 순간 감당할 수 없는 불같은 질투와 분노가 치밀어 올라오자 더는 참을 수가 없었어요. 나는 허둥지둥 집에서 나와 딸아이를 언니네 집에 맡겨두곤 무작정 거리로 뛰쳐나와 버렸지요. 이런 고통스러운 마음을 누군가에게 털어놓고 싶었어요. 그래요. 아까 당신의 말처럼 저도 오늘은 술을 실컷 마셔보고 싶었는지도 몰라요. 그렇지 않으면 머리가 핵 돌아버릴 지경이니까요. 도저히 제정신으로는 더는 버틸 수가 없었어요. 아무리 내가 그 지경에 처했다고 해도 처음 보는 당신에게까지 무시당하고 싶진 않았어요.

나의 앙다문 잇새로 깊은 신음이 새어 나왔어요. 당신의 얼굴은 탁탁하게 긴장되어 있었고 그 얼굴에 싸늘한 조소까지 감추지 않았어요. 나는 어떻게든 술기운을 이겨내 보려고 일부러 몸을 곳곳이 곧추세우곤 마음을 추슬렀어요. 그때 당신은 내 시선을 비껴 담배에 불을 붙이며 말했어요.

"지금 그쪽이 초라하고 처량해 보이냐고 물었습니까? 천만에요! 초라하고 처량한 건 그쪽이 아니라 바로 내 쪽이오. 단도직입적으로 하나만 물어봅시다! 그쪽은 인생이라는 게 대체 뭐라고 생각하십니까?"

느닷없는 질문에 당혹감을 감추지 못했어요. 여태까지 살면서 인생에 대해 그다지 심오하게 생각해본 적이 없었으니까요. 그저 알뜰히 살림하면서 착실히 돈을 모아 저축을 했고, 그 덕에 재작년 은행대출을 좀 끼고 작은 평수의 아파트를 장만할 정도로 나는 알뜰한 살림꾼으로만 살았으니까요. 그런 내게도 꿈은 있었지요. 딸아이가 유치원에 들어가게 되면 꽃집을 차려보겠다는 아주 소박한 꿈 말이에요. 꽃을 무지무지하게 좋아했으니까요. 특히 붉은 장미를요. 가끔은 침실을 온통 붉은 장미로 꾸며보고 싶은 강한 충동에 사로잡히곤 했지요. 화려한 꽃잎 속에 활짝 피어나는 원초적이고도 강렬한 섹스를 은밀히 꿈꾸면서요. 하지만 그 꿈은 유리 조각처럼 산

산조각 깨어지고 말았어요. 그런 내게 앞으로의 인생은 꿈과 희망이 전혀 없는 악몽과도 같은 삶만 기다리고 있는 것이지요. 나는 꿀 먹은 벙어리처럼 입을 굳게 닫은 채, 멀뚱멀뚱한 눈으로 당신만을 바라보다가 되레 물었지요.

"그럼 그쪽은 인생을 뭐라고 생각하는데요?"

"죽음, 희망이 전혀 없는 죽음입니다!"

깜짝 놀란 내가 빠르게 눈을 굴리며 당신을 예의 주시했어요. 서슴없이 죽음을 그토록 쉽게 말하는 당신은 대체 누구란 말입니까. 막상 당신의 입을 통해 죽음이란 말을 듣게 되자 누군가 내 얼굴에 찬 얼음물을 왈칵 끼얹는 듯했어요. 당신은 금방이라도 누군가를 한 대 칠 기세로 분노를 표출했어요.

"세상이 정말이지 더러워서 못 살겠습니다! 누구도 내 진심을 믿으려 하지 않았지요. 그냥 이대로 콱 죽고 싶은 마음뿐입니다. 젠장맞을!"

퍼뜩 정신을 차린 나는 당장 자리를 박차고 일어나려고 했어요. 근데 급속히 퍼진 술기운 탓인지 생각처럼 자리에서 일어날 수가 없었어요. 자꾸만 몸의 중심이 흔들렸어요. 그래도 가까스로 몸을 옮겨 사정 범위 바깥인 옆자리로 피했어요. 나는 당신을 경계하며 몸을 잔뜩 웅크리고 있었지요. 가능한 한 감당할 수 없는 타인의 분쟁에 휘말리고 싶진 않았으니까요. 당신은 두 손으로 술잔을 감싸곤 술을 몇 잔 더 스트레이트로 들이켰어요. 그러고는 벌떡 일어나 내가 앉았던 자리에 털썩 주저앉곤 곧바로 상체를 숙여 한쪽 양복바지를 무릎 위까지 쑥 걷어 올렸어요.

"자, 여길 좀 보십시오! 그 개자식들이 날 이렇게 만들었지 뭡니까!"

내 입이 쩍 벌어졌어요. 당신의 종아리는 온통 먹구렁이가 칭칭 감겨 있는 듯했으니까요. 온갖 불길한 범죄의 기호들이 머릿속에서 떠올랐어요. 감정이 격해진 당신은 시뻘게진 얼굴로 그 속을 털어놓았어요.

"며칠 전, 회사에서 퇴근하려고 할 때였습니다. 회사 정문을 나서려는데 느닷없이 두 명의 건장한 사내가 내 앞을 우뚝 가로막더니, 잽싸게 팔을 낚아채곤 검은 승용차 뒷자리에 짐짝처럼 밀어 넣더군요. 대체 무슨 일이냐고 물어도 그들은 묵묵부답이었습니다. 그날 끌려간 곳은 어느 취조실이었지요. 그들은 날 딱딱한 나무 의자에 앉히곤 어느 대학을 나왔냐고 묻더군요. Y대 법대를 졸업했다고 당당하게 대답하자, 갑자기 건방진 새끼라며 사정없이 따귀를 후려갈겼습니다. 그 바람에 몸뚱이가 바닥으로 나뒹굴었고, 그들은 쓰러진 내가 무슨 짐승의 먹잇감이라도 되는 냥 무자비하게 구둣발로 짓밟으며 정강이를 걷어찼어요. 금방 숨이 끊어지는 줄 알았습니다. 가물가물한 의식 속에서 되살아나는 의문은 내가 왜 이런 낯선 취조실에서 무슨 이유로 구타를 당해야 하는지 그 이유라도 알고 싶더군요. 그러나 그들은 얼토당토않은 자백부터 하라고 으름장을 놓았습니다. 때마침 회사 측에서 사건의 전 말을 알아내곤 내게 혐의가 없음을 명백히 밝혀주었지요. 그 덕에 이렇게 풀려날 수 있었던 겁니다."

당신의 얘기를 듣는 동안 줄곧 내 얼굴은 붉어졌고, 턱은 탁탁하게 굳어 있었어요. 손가락과 발가락을 불안정하게 계속 움직이고 있던 내가 마침내 용기를 내었지요.

"대체 그쪽이 뒤집어쓴 혐의가 뭔데요?"

"며칠 전, 부서에서 회식을 마치고 동료들과 함께 나이트클럽으로 간 게 화근이었습니다. 오랜만에 만취가 된 상태에서 지랄발광하며 신나게 놀고 있는데 난데없이 조폭들이 들이닥친 거죠. 그들은 자리 다툼하다가 패싸움으로 가게 되었고 그곳은 순식간에 아수라장이 되고 말았지요. 그중 여러 명이 다치는 사고가 발생했습니다. 누군가 날 그 패거리로 오인하고 경찰에 찔렀나 봅니다. 재수 없게 걸려들었던 거죠. 이건 필시 날 악의 구렁텅이로 내몰려는 누군가의 음모일지도 모릅니다."

분함과 억울함을 호소하는 당신의 두 눈에 물기가 어른어른했어요. 당신은 오늘따라 자살해버린 친구가 많이 보고 싶다며 그 친구처럼 죽고 싶다고 했어요. 당신의 기막힌 사연을 듣는 동안 의외였지만 뜻밖에도 내게는 여자의 모성 보호 본능이 일어났지요.

2

어둠이 깃들 즈음, 아파트에 도착한 내가 번호 키를 누르고 들어오자 언니는 기다렸다는 듯이 관자놀이에 핏대를 살짝 드러낸다.

"대체 종일 어디에 가 있었던 거야? 전화도 통 받지도 않고 말이야."

언니의 불만이 담긴 말을 듣자 가방에서 휴대폰을 꺼내 켜 본다. 언니와 그의 부재중 전화가 여러 번이나 찍혀 있었다.

"동해 바다에 갔었어! 문득 겨울 바다가 보고 싶어서…. 내 친김에 묵호에 있는 절까지 다녀왔고. 예전에 언니랑 함께 갔던 그 절집 말이야. 근데 주지스님은 안 계셨어. 대신 참선 공부하시는 스님을 만났지."

내 말에 언니의 눈이 점점 커진다.

"너, 그럼 혹시 지산스님을 만났다는 거야?"

"지산스님이 누군데?"

"출가 전에 번역 작가로 활동하셨대. 저번에 우리 절 신도가 귀띔해줬어."

"아아, 그래서 그 두껍고 어려운 책들이 탁자 위에 있었구나. 그 신도 분은 어떻게 그 스님을 알아?"

"불교신문 기잔데, 스님이 번역한 책에 대한 궁금한 점이 있다면서 만나보고 싶다고 했거든. 내가 예전에 그 절 신도였다는 걸 알고 함께 가보자는데, 가게 일이 바빠서 갈 수가 있어야지. 그나저나 넌 불법도 모르면서 왜 그리 빨빨대며 절집을 돌아다녀? 기도는 너처럼 아무렇게나 하는 게 아니라고 그토록 귀에 못이 박히도록 말했건만, 쯧쯧. 네 멋대로 그렇게 기도하다간 잡신들이 들러붙어, 이것아! 그리고 기도도 제대로 해야 복도 짓는 거야."

"그래서 언니는 그 복 많이 받고 잘살고 있는 거네?"

"얘가 지금 무슨 뚱딴지같은 소리를 하는 거야?"

"형부 죽고 언니는 여태까지 갖은 고생하면서 악착같이 살고 있잖아! 그게 어디 복된 인생이냐고?"

나도 모르게 강한 반발심이 일어나자 그만 죽은 형부를 들먹이고 말았다. 순간 언니는 창백한 얼굴로 입을 연다.

"그러니까 내가 너한테 잔소리를 해대는 거야. 그렇게 절집을 드나들어도 진정 기도의 의미도 모르니까. 지금도 네 멋대로 사람을 판단하잖아! 그게 얼마나 오만하고 방자한 행동인 줄도 모르면서 말이야. 난 여태껏 신세타령 따윈 해본 적 없어. 웬 줄 아니? 굳건한 종교에 대한 믿음이 있어서야. 물론 네 형부를 떠나보내고 무척이나 힘들었던 건 사실이야. 당시 종교에 대한 신념이 없었더라면 아마도 지금의 내 삶도 존재하지 않았을 테고. 심한 마음의 고통으로 폐인처럼 살았을지도 몰라. 하지만 그 마음을 오로지 종교에 의지하며 살다 보니 새로운 희망이 생기게 되었지. 결국은 절망도, 희망도 스스로가 만든다는 사실을 그때 비로소 알게 되었어. 믿음과 기도를 통해서 말이야. 그래서 난 앞으로도 부처님 그늘에서 기도하며 살아갈 거야. 그보다 더 큰 기쁨과 영광은 없었으니까."

"제발 그딴 소리 좀 그만해! 이제 더는 듣고 싶지 않으니까. 그 말인즉슨 나한테도 불법을 공부하라는 거 아냐? 근데 난 그럴 생각이 추호도 없어. 언니처럼 마음의 여유도 없고, 그것이 절실히 가슴에 와 닿지도 않아!"

"그러니까 네가 이렇게 마음의 갈피를 잡지 못하고 갈팡질팡 방황하고 있는 거야. 언제까지 정신 못 차리고 살 건데? 민지는 언제 데려올 거고? 제발 정신 좀 차리고 현실을 똑똑히 봐라. 네 처지를 냉정히 돌아보란 말이야, 철딱서니 없는 것아!"

"내 일은 내가 알아서 잘할 테니까 언니는 아무 걱정하지 마! 학교 개학을 하면 곧바로 민지를 데려올 작정이니까."

"지금 네 꼬락서니 보면 누가 널 믿고 아이를 턱 맡기겠냐? 세상이 그렇게 호락호락 어리숙할 줄 알아? 며칠 전부터 무슨 일에 그리 정신이 팔려있는지…, 쯧쯧."

"그만 좀 하라니까!"

"이게 다 널 걱정해서 하는 소리야! 밥 차려놨으니까 얼른 밥 먹으렴. 이럴 때일수록 정신 똑바로 붙들고 어떻게든 살아보려고 애써봐야지!"

내가 불만이 가득한 표정으로 언니를 쏘아보자 언니는 내가 신경이 무척이나 민감해져 있다는 걸 눈치채곤 안방으로 쏙 들어가 버린다. 그때 건너편 방문이 열리면서 두 조카가 거실로 나오더니 꾸뻑 인사를 한다. 코흘리개들이 어느새 훌쩍 커 고등학생이 되어버렸다. 지난 세월은 되돌릴 수가 없다. 그 세월이 흐르는 동안 나는 무엇을 찾으려고 그토록 발버둥을 치며 살았을까. 냉장고에서 간식과 우유를 챙긴 조카들은 다시 자기들 방으로 들어간다. 그 뒷모습에서 딸아이가 어른거리자 왠지 마음이 불안하고 초조해진다. 조금 전 언니의 말이 틀린 게 하나도 없다. 정신을 바짝 차리고 살아도 모자랄 판에 나는 여전히 과거에 연연하며 앞을 보지 못하고 있다. 그런 내가 무슨 자격으로 언니한테 죽은 형부를 들먹거렸을까.

형부가 교통사고를 당해 죽고 석 달이 지나자 언니는 다니던 무역회사를 때려치우곤 본격적인 생업에 뛰어들었다. 시장에서 채소를 파는 가게를 인수해 장사를 시작한 것이다. 평소 근검절약하고 부지런한 성품 탓인지 시간이 흐를수록 장사는 아주 잘 되었다. 그 덕에 살림살이가 넉넉해진 언니는 틈틈이 재테크로 부동산 투자를 해서 수익도 많이 올렸다. 돈의 흐름을 잘 타서인지 이제 장사를 하지 않아도 될 만큼 자금력도 탄탄해졌다. 그런데도 언니는 좀처럼 장사에서 손을 떼질 못했다. 내가 제발 좀 편히 살라고 잔소리하면 언니는 일손을 놓게 되면 자기 명줄이 짧아진다면서 고집스럽게 장사에 매달렸다. 나는 언니가 너무 일을 무리하게 하다가 갑자기 쓰러질까 봐서 내심 걱정되었다. 만약 언니마저 잃게 되면 내 마음을 의지할 곳이 없었다. 그 사실이 무엇보다 두렵고 무서워서 매사 언니를 걱정하지 않을 수 없었다.

내가 이혼하고 언니네 집으로 들어오고 일주일이 지나자 언니는 내 손을 힘주어 잡으며 민지를 데려오면 작은 아파트라도 마련해주겠다고 했다. 그러면서 자기와 함께 장사해보자고 설득했다. 내가 홀로서기 할 수 있도록 옆에서 적극적으로 도와주겠다면서. 언니는 언제나처럼 내가 힘들어할 때면 엄마처럼 무한한 사랑으로 날 챙기면서 따뜻하게 보듬어주었다.

엄마는 내가 중학교 3학년 때 유방암 말기로 세상을 떠났다. 그러자 졸업 일 년을 앞둔 언니는 학업을 포기한 채 엄마가 하던 채소가게를 계속 이어갔다. 그런 어느 날, 아버지가 시골로 귀농하겠다며 가게를 부동산에 내놓았다. 가게를 처분하게 되면 그 돈의 일부를 언니에게 주겠다고 했다. 대학공부를 마저 끝마치고 반드시 졸업장을 받아야 한다면서. 하지만 가게를 매도하는 과정에서 그만 어처구니없게도 사기를 당하고 말았다. 그 충격으로 아버지는 쓰러지셨고, 보름 뒤 중환자실에서 숨을 거두었다. 그 후 언니는 잠을 자는 시간까지 줄여 가면서 열심히 일에 매달렸다. 편의점은 물론 닥치는 대로 알바를 했다. 그러던 중 다행히도 무역회사에 입사했다. 그런 언니 덕에 나는 무사히 대학공부를 마칠 수 있었다. 내가 은행에 취업하게 되자 그 무렵 언니는 같은 직장 상사였던 형부와 결혼했다. 그리고 3년이 지나자 나도 증권회사에 다니는 그를 만나 반년 정도 연애를 한 후에 결혼했다. 언니와 형부는 내가 행여나 홀시어머니한테 홀대받을까 봐서 각별하게 신경을 써가며 혼수품을 넉넉히 챙겨주었다. 그렇게 결혼한 우리 부부인연은 명주실처럼 길게 이어갈 줄로만 알았다. 하지만 그 인연의 줄은 중간에서 툭 끊겨져 남남으로 돌아서고 말았다.

지난 삶이 눈앞에서 파노라마처럼 펼쳐지자 절로 한숨이 나온다. 대충 저녁 식사를 마치고 방으로 들어오자 휴대폰 전화벨 소리가 울어댄다. 그 사람이다. 나는 침을 한번 삼키고는 큰 숨을 들이쉰다. 전화벨은 내가 전화를 받을 때까지 계속 울리겠다는 듯이 끈질기게 울어대고 있다. 내가 마지못한 듯 전화를 받자 그의 목소리가 다시 내 가슴을 아프게 한다.

"당신을 많이 기다렸소. 어젯밤엔 왜 오지 않았던 것이오? 혹시 무슨 일이라도 생긴 거요? 오늘도 여러 번 전화했는데 통 전화를 받지 않아서 내가 얼마나 걱정을 많이 했는지 모르오."

그의 침울한 목소리에 나는 천천히 입을 뗀다.

"미안해요. 어젯밤엔 제가 호텔로 간다고 해놓고선…. 하지만 이젠 전화하지 마세요. 이 말을 전하려고 지금 당신의 전화를 받은 거예요."

"대체 무슨 일이오? 왜 갑자기 마음이 바뀐 거요? 내게 말하지 못할 고민이라도 생긴 것이오?"

"아뇨. 당신을 다시 만난다는 게…. 어쨌거나 우린 이미 오래전에 헤어진 사람들 아닌가요?"

"지금 창밖을 보오! 거리에 흰 눈이 많이 쌓여 있소. 이런 날이면 당신을 잊을 수가 없소. 사랑이란 감정은 소멸시킬 수도, 바꿀 수도 없는 것이오. 왜냐면 그것은 우리의 가슴에 너무도 소중히 간직하고 있기 때문이오. 정말이지 그동안 당신이 얼마나 많이 보고 싶었는지 모르오. 이건 나의 진심이란 말이오!"

그 순간 불쾌한 기분이 들자 나는 눈 한 번 깜빡거리지 않고 목소리의 톤을 높인다.

"새삼스럽게 이제 와서 이러시는 이유가 뭐예요? 깊은 절망에 빠진 내 모습이 그토록 보고 싶은 건가요? 그래요. 솔직히 말하자면 당신이 런던으로 떠난 후부터 나는 줄곧 고통의 나날 속에서 살아왔어요. 당신이 그처럼 소중하고 아름답게 여긴다는 그놈의 사랑이라는 것 때문에 말이에요. 그 상처를 혼자서 핥아내며 살아온 7년이란 세월이란 말이에요. 여태까지 아무런 소식도 없다가 왜 갑자기 도깨비처럼 나타나서 날 찾는 거죠? 왜요?"

"그걸 꼭 말로 해야만 하오? 물론 나를 다시 만난다는 게 당신의 마음이 그리 편치만은 않을 거라고는 생각했소만. 그렇지만 우리는 꼭 만나야 하오. 만나서 그동안의 오해도 풀어야 하오. 진심으로 당신을 사랑하오. 부담스러우면 굳이 호텔로 와달라고 하진 않겠소. 하지만 당신을 향한 내 사랑은 그때나 지금이나 변함이 없소. 그러니 제발 날 좀 만나주오."

애석함과 위로가 동시에 담긴 그 말 뒤에 그의 거친 숨소리가 무거운 정적을 깨뜨린다. 오해를 풀고 싶다니, 그 오해라는 게 대체 뭐란 말인가. 그냥 날 휴지처럼 버리고 떠난 매정한 사람이 아니었던가. 다시 그 기억이 나를 슬프게 만들자 나는 전화를 빨리 끊어버리고 싶은 마음에 말을 툭 던진다.

"그렇다면 언제 제가 시간이 될 때 전화를 드릴게요."

"그럼 기다리고 있겠소. 잘 자오!"

전화를 끊은 뒤 땅이 꺼질 듯 한숨을 토해낸다. 희망 대신 절망감을 안겨주었던 그를 어떻게 다시 만날 수 있겠는가. 이유야 어쨌든 나는 결국 가정도 모두 잃지 않았던가. 마지막으로 딸아이를 데리고 오려면 언니의 말처럼 정신을 단단히 붙잡고 있어야만 한다. 그렇지 않으면 그 어떤 험한 꼴을 당할지 모를 지금의 상황이다. 이런 내 처지를 전혀 모르는 그는 여전히 옛사랑의 추억에 사로잡혀 있다. 그게 무엇보다 가슴을 아프게 한다. 내가 아무리 모질게 마음을 먹어도 여전히 그에 대한 그리움은 되살아난다. 그때마다 딸아이가 떠오른다. 나는 침착하고 냉철해지려고 안간힘을 쓰며 커튼이 드리워진 창가로 간다. 마치 벼랑 끝에 서 있는 절박한 심정이다. 그의 굴레에서 벗어나지 못한다면 내 인생도 끝장이 난다는 불안감과 초조감 때문일까. 마음을 모질게 먹어야만 딸아이도 데려올 수가 있다. 예전처럼 부끄러운 엄마가 아닌 진정으로 딸을 아끼고 사랑하는 엄마가 되려면 내가 먼저 달라져야 한다. 그러니까 진정으로 사랑해야 할 대상은 그가 아니라 바로 딸아이다.

나는 마음을 다잡으며 베이지색 커튼을 양쪽으로 젖혀본다. 그의 말대로 어둠의 거리에는 눈이 소복소복 쌓여 있다.

금세 눈가에 눈물이 핑 돈다. 나는 차마 그에게 못한 말을 속으로 중얼거려본다. 그래요. 사실 저도 당신을 만나고 싶었어요. 당신의 전화를 받는 순간 그 감격과 그리움을 어떻게든 표현하고 싶었지요. 하지만 당신을 다시 만난다는 게 너무 무섭고 두려웠어요. 이제 그 누구에게도 버림을 받거나, 상처받고 싶지 않았으니까요.

나도 모르게 눈물이 볼을 타고 주르륵 흘러내린다. 우리는 어찌해볼 수 없는 인연이지 않은가. 신음을 씹으며 고개를 돌리자 등줄기 근육이 뻣뻣하게 굳어오고 있음을 느낀다. 긴장감과 두려움 때문일까. 어느새 일기장 속에 까만 활자들의 실루엣이 물결 찰랑거리는 듯 눈앞에 어른거린다.

*

어둠이 내릴 무렵 우리는 N 도시 레스토랑에서 나왔어요. 당신은 비트적거리는 걸음으로 택시를 잡겠다며, 빙판 도로 한가운데서 두 팔을 허우적거리다가, 몸의 균형을 잃고는 바닥으로 고꾸라질 뻔했어요. 내가 얼른 당신을 부축해드렸어요. 술기운이 얼얼하게 올라와서인지 속이 온통 메슥거렸지요. 심연의 밑바닥에선 울컥울컥 치솟는 남편에 대한 증오가 계속 불타오르고 있었고요. 그 거센 폭풍우 때문에 속 아픈 눈물만 흘렸던 거예요. 무연히 하늘을 올려다보며 내 처지를 한탄했어요. 송두리째 빼앗겨버린 화목하고 단란한 가족의 삶. 이제 그 빈자리엔 극심한 피로감과 분노뿐이었지요. 그때 불현듯 딸아이가 걱정되었어요. 언니에게는 친구를 만나고 올 때까지만 봐 달라고 부탁했지요. 그런데 시간이 흐르자 마음은 더욱더 불안하고 초조해졌어요. 그렇다고 전화도 할 수가 없었어요. 집에서 정신없이 나오는 바람에 그만 깜빡 잊고 휴대폰을 놓고 온 것이었어요. 지금쯤 날 애타게 기다리고 있을 언니와 딸아이를 생각하면 정말 내 꼴이 한심하기 짝이 없었어요. 그래요. 저도 마냥 죽고 싶은 심정뿐이에요. 집으로 돌아간다는 게 너무도 괴로웠으니까요. 마음 같아선 저기 달려오는 택시에 그냥 몸을 확 내던져버리고 싶었지요. 당신은 몇 대의 택시를 놓치고서야 겨우 택시를 잡을 수 있었지요. 나는 택시 뒷좌석에 당신의 등을 밀어 넣고 막 돌아서려는데 당신이 다급하게 날 불렀어요.

"저, 저기요. 함께 타지 않을래요?"

순간 강력한 자석의 힘에 이끌려가듯 얼떨결에 택시에 올라타고 말았어요. 골난 김에 서방질하는 꼴이라고나 할까요. 모든 걸 망각하고 싶었는지도 몰라요. 남편의 존재를 지우개로 쓱쓱 지우듯 뇌리에서 말끔히 지워버리고 싶어서 말이에요. 그런데도 불쑥불쑥 악몽이 되살아서 날 고통스럽게 했어요.

처음 남편을 만났을 때 좋은 인연을 만났다고 생각했어요. 등산을 좋아하는 취미가 같았고, 전국 맛집을 돌아다니며 별미를 먹어보는 취향도 비슷했으니까요. 내가 참새처럼 재잘거려도 내 얘기를 다 들어 주었고, 부모님이 안 계신 것도 괜찮다며 너그럽게 이해해준 것도 진심으로 고마웠지요. 결혼한 후에도 우리는 맞벌이를 하면서 정말 열심히 삶을 꾸려갔어요. 5년 후 내가 임신을 하자 남편의 뜻에 따라 회사를 그만두게 되었어요. 마냥 행복한 삶이었지요. 근데 딸을 낳고 일 년쯤 지나자 남편은 바람을 피웠어요. 그 사실을 미련스럽게 오늘에야 알게 되었던 거예요. 가슴께를 칼로 후벼 파는 듯한 강렬한 통증을 느꼈지요. 그동안 야근이다, 출장이다 하면서 잦은 외박을 한 것도 다 까닭이 있었던 거죠. 어쩌다가 일찍 퇴근하고 집에 들어올 때면 방 안에 틀어박혀 휴대폰 문자질에만 집중한 것도 그렇고요. 저는 아이를 돌보느냐 몸과 마음이 지칠 대로 지쳐 있어서 외모에 전혀 신경을 쓸 겨를도 없었지요. 항상 헝클어진 머리칼에 면 티셔츠와 편안한 바지 차림이었거든요. 남편은 내게 외모에 신경 좀 쓰라고 잔소리를 했어요. 그때마다 내가 짜증을 냈어요. 쓸데없는 소리 하지 말고 집에 일찍 들어와서 아이나 좀 봐달라고요. 이유야 어쨌든, 이제 신뢰가 깨진 부부관계는 더는 지속할 수가 없게 되었어요. 그 전조의 낌새를 알아차리지 못한 자신도 많이 원망했지요. 나는 어리석게도 남편의 일상에 끼어들지 않는 게 진정한 내조라고만 여겼으니까요. 그래서 그 충격과 배신의 아픔이 더 컸는지도 몰라요.

술기운 때문인지 날 단단히 옥죄고 있던 완강한 사슬이 느슨하게 풀렸어요. 지금 내가 낯선 도시에서 엉뚱한 짓을 하고 있다는 것도 알고 있어요. 마치 인터넷 채팅에서 만난 불온한 관계처럼 말이에요. 사실, 죽고 싶을 정도로 자신이 비참함을 느낄 때 이렇게라도 하지 않으면 금방이라도 숨이 막혀 죽을 것만 같았어요. 택시 기사는 당신의 지시대로 어느 오피스텔 앞에 정차했어요. 택시에서 내린 나는 당신의 뒤를 따라 엘리베이터를 타곤 당신의 룸 현관 앞에 내렸어요. 무겁게 닫힌 철제문이 열리자 차디찬 기운이 훅, 입안으로 끼쳐왔지요.

다섯 평 남짓해 보이는 원룸에는 책상과 붙박이 옷장이 전부였어요. 창문 구석진 공간엔 말라비틀어진 선인장이 있었어요. 서서히 죽어가고 있는 선인장이 마치 내 존재처럼 느껴져 인생이 더없이 서글퍼지더군요. 통음을 한 당신은 아까부터 뭐라 횡설수설하기만 했어요. 술기운이 얼굴에 벌그레 올라온 나는 양어깨를 축 늘어뜨린 채 횅하니 비인 벽만 망연히 바라보다가 그 벽에 등을 기대고는 두 눈을 감아버렸어요. 오피스텔 15층, 마음만 먹으면 당장 뛰어내릴 수도 있었어요. 하지만 그런 무모한 짓은 남편에 대한 나의 절실한 복수가 아니었어요. 당신은 보일러 스위치를 올리고는 으으으, 신음을 뱉어내곤 겉옷만 벗어 던지고는 그대로 침대에 엎어졌어요.

시간이 얼마나 지났을까요. 술이 번쩍 깨는 느낌이 들자 당혹감을 감추지 못한 내가 슬그머니 일어나 나가려고 했어요. 때마침 혼곤한 잠에 빠져있던 당신이 갑자기 누운 채로 바지를 휙 벗어 던졌어요. 일순 두려움과 공포가 온몸을 휘감았어요. 나는 사나운 매의 눈으로 당신을 잔뜩 노려보았어요. 만약 내 몸에 손끝 하나라도 건드린다면 당장 오피스텔 창문을 열고 뛰어내릴 마음의 태세로 돌변했지요. 그런데 당신의 입에서 욕설이 튀어나왔어요.

"빌어먹을 개새끼들아!"

내 시선이 반사적으로 당신의 하체로 내리꽂혔어요. 사각팬티 바로 밑 허벅지에서 종아리까지 온통 시퍼런 멍이 마치 커다란 구렁이가 칭칭 감아대고 있는 듯했어요. 하마터면 악, 하고 비명을 지를 뻔했어요. 레스토랑에서 본 것은 그것에 일부였던 거예요. 살갗은 퉁퉁 부어올라 손끝으로 살짝 누르기만 해도 금방 얇은 피부 막이 터지면서 검은 피가 분수처럼 솟아오를 것만 같았어요. 너무 놀란 내가 재빠른 동작으로 책상 서랍에서 안티푸라민이나 멘소래담이 있는지 찾아보았어요. 다행히 반쯤 쓰다가 남은 멘소래담이 있었어요. 그걸 탱탱하게 부어오른 당신의 허벅지에 붙곤 조심스럽게 마사지를 하기 시작했어요. 손끝으로 감겨오는 당신의 통증과 고통이 고스란히 느껴지는 듯했어요. 내 손끝이 스칠 때마다 당신의 입에서 간헐적으로 고통의 신음이 새어 나왔지요.

동이 트기 시작하자 당신이 깰세라 살그머니 방문을 열고 밖으로 나왔어요. 오랜만에 바깥 공기가 신선하고 상쾌하게 느껴졌어요. 그때야 삶을 악착같이 살아야겠다는 마음의 각오가 생겼어요. 내게는 언니가 있고 사랑스러운 딸이 있었으니까요. 그게 어쩌면 내가 세상을 더 살아가야 할 이유인지도 모르지요. 그리고 이제 더는 비열한 남편에게 얽매이지 않고 홀로서기를 준비하며 살고 싶었어요. 그것만이 남편에 대한 나의 진정한 복수라고 여겼지요. 발걸음이 천근만근 쇳덩이처럼 무거웠어요. 바로 그때 당신이 날 불렀지요.

"저어, 저기요. 잠깐만요!"

뒤를 돌아보니 당신이 어기적거리는 걸음걸이로 다가왔어요. 그러곤 지갑에서 명함 한 장을 꺼내 내게 내밀었어요.

"언제든지 전화를 주세요. 꼭! 참, 그쪽 이름은 뭡니까?"

"지수예요, 한지수."

그 어떠한 망설임도 없이 당당히 이름을 밝히곤 당신의 명함을 받아보았어요. K그룹 기획실 과장 '서윤재'라는 활자가 눈에 박혔어요. 의아했지요. 대기업 과장이 왜 혼자 원룸에 살까. 그러고 보니 당신의 사생활에 대해선 전혀 아는 바가 없었어요. 그건 당신도 마찬가지였지요. 하긴 거리에서 만난 하룻밤 인연인데 그런 게 다 무슨 소용이 있겠습니까. 나는 쓰디쓴 웃음을 입가에 지어 보이곤 명함을 아무렇게나 손가방에 집어넣고 돌아섰지요. 당신에게 전화하는 일 따윈 전혀 없을 거라고 마음속으로 중얼거리면서요.

천만다행인지는 몰라도 어젯밤 남편도 집에 들어오지 않았던 거예요. 다음날 늦은 밤에 들어온 남편에게 그 어떠한 말도 꺼내지 않았어요. 남편은 이런저런 핑계를 대면서 외박하게 된 이유를 둘러댔어요. 나는 전신이 피로하고 낙심이 되어 울고 싶은 충동만을 느꼈을 뿐. 남편의 얼굴을 정면으로 똑바로 보았을 때 정나미가 뚝 떨어졌어요.

그날 이후 우리의 관계는 쪼개진 쪽박이나 다름없었어요. 나는 전과는 판이한 삶의 방식과 태도로 살아갔어요. 실어증에 걸린 사람처럼 말 한마디 하지 않은 채 남편을 그림자 취급했어요. 물론 언니에게는 사실대로 말하지 않을 수 없었어요. 언니는 하얗게 질린 얼굴로 한동안 아무 말이 없다가 잠시 뒤, 굳게 다문 입을 열었어요. 한 번쯤은 남편의 외도를 모른 척하고 기다려봐야 한다고, 그러면 반드시 가정으로 돌아온다면서 내게 불법을 공부하라고 했어요. 이혼만이 능사가 아니라고 강조하면서요. 저도 그런 일로 굳이 이혼까지는 하고 싶지 않았어요. 그렇지만 내가 받은 치욕스러움만은 언젠가 꼭 앙갚음으로 되돌려 주고 싶었지요.

시간이 좀 더 흐르자 우리는 너무나 자연스럽게 쇼윈도부부로 살게 되었어요. 서로에게 관심도 없었고, 대화조차도 거의 하지 않았으니까요. 어찌 보면 서로 침묵이라는 합의에 그렇게 되고 말았는지도 모르지요. 그렇지만 무관심에도 한계가 있었어요. 남편의 얼굴을 볼 때면 역한 느낌이 들었지요. 그런 날이면 쇳덩이로 만든 갑옷을 껴입은 듯 가슴이 무겁고 답답하기만 했어요. 그렇게 표출할 수 없었던 상처의 응어리가 점점 더 안으로 곪아가자 마침내 우울과 무력감에 빠져들면서 딸아이를 돌보는 일조차도 귀찮아졌어요. 나의 존재가 세상에 떠도는 허깨비처럼만 느껴졌지요. 그때 별안간 까마득히 잊고 있었던 생각 하나가 번개처럼 번쩍 뇌리를 스쳤어요. 인생을 죽음이라고 그토록 쉽게 말하던 바로 당신, 당신이었어요. 재빨리 손가방에서 당신의 명함을 찾았어요. 다행히도 가방 밑바닥에 그 명함이 있었지요.

다음날 오후, 당신께 전화를 했어요. 일 년 조금 지난 겨울날, 노면이 꽁꽁 얼어붙어 도심의 차량이 모두 거북이운행을 하고 있을 때였지요. 당신은 N 도시가 아닌 서울 도심에 살고 있었어요. 무척이나 반가웠어요. 마음만 먹으면 당장이라도 당신을 만날 수 있는 가까운 거리였으니까요. 당신은 몹시 흥분하면서 어서 빨리 만나고 싶다고 했어요. 우리는 마치 오래 전부터 알고 지내던 친숙한 관계처럼 서로 아무 스스럼없이 통화한 후 전화를 끊었지요. 그날 밤 나는 흥분으로 뒤끓는 가슴을 진정시키며 가까스로 잠을 이루었어요. 그 덕에 우울과 무력감이 한순간에 싹 사라지고 말았어요.

오랜만에 설레는 마음으로 당신과의 약속장소를 향해 발걸음을 재촉했어요. 분위기가 아늑한 라이브 음악이 흐르는 K 호텔 스카이라운지였어요. 어둠의 하늘에는 온통 찬란한 별들로 가득한 듯했어요. 도심의 밤은 참으로 화려하고도 아름다웠지요. 내가 실내로 들어서자 당신은 얼른 자리에서 일어나 나를 반겨주었어요. 그때와는 전혀 다른 모습이었지요. 온화해 보였고 매혹적인 눈빛으로 환하게 웃고 있는 모습도 아주 근사했으니까요. 무대에선 필리핀 남자가수가 '호텔 캘리포니아' 노래를 부르고 있었어요. 우리는 촉촉한 분위기에 젖어 든 채 그 노래에 귀를 기울이고 있었지요. 당신은 조명 불빛을 받은 불그스레하게 빛나는 내 얼굴이 그토록 아름답고 매력적일 수가 없다고 속삭였어요. 상냥하고 정겨운 눈동자도 매우 아름답다면서 그윽이 날 바라보았지요.

"전화를 주셔서 고맙습니다. 그때 감사의 인사를 제대로 하지 못한 게 항상 마음에 걸렸어요. 물론 언젠가 꼭 전화가 오리라고 굳게 믿고 있었지만요."

"윤재 씨, 결혼은 하… 셨… 죠…?"

"물론입니다."

"그때는 왜 오피스텔 원룸에서 살았어요?"

"아, 사실 저는 기러기 아빠입니다. 3년 전에 아내가 아들을 데리고 런던에 갔어요. 조기 유학을 떠난 게지요. 그땐 아파트가 팔려서 당분간 거처를 그쪽으로 옮겼던 거고요."

"지수 씨도 결혼하셨죠?"

"세 살 된 딸이 있어요."

"정말요?"

"왜 그렇게 놀라세요? 혹시… 실망하셨어요?"

"아, 아닙니다. 지수 씨가 결혼했든 안 했든 그런 건 제게 아무런 의미가 없어요. 이렇게라도 다시 만날 수 있다는 것만으로도 감사할 따름이죠."

"제가 윤재 씨한테 해드린 것도 없는데 왜 자꾸 감사하는 말을 하세요?"

"지수 씬 제 생명의 은인이니까요!"

"너무 거창한 표현이군요. 칭찬도 과하면 부담스러워져요. 그나저나 나중에 윤재 씨는 가족이 있는 런던으로 가시겠네요?"

"아, 아뇨. 저는 이곳에서 열심히 돈을 벌어야죠. 유학자금

보내려면 말입니다. 참, 그날 무슨 일 있었던 겁니까? 그때는 제 문제에만 급급하다 보니 그걸 여쭤볼 새도 없었지 뭡니까! 지수 씨가 떠난 후에야 걱정이 되더군요."

"왜요? 쫓겨났을까 봐서요? 세상을 살다 보면 때로는 자신이 감당할 수 없는 어려움도 닥치는 법이잖아요."

내가 양미간을 찡그리자 당신은 더 이상 나의 사생활에 관해 묻지 않았어요. 나는 상대를 배려해주는 당신에게 마음이 기울고 있었어요. 당신을 만나는 동안 남편의 존재를 깡그리 망각하고 싶었으니까요. 어떤 신뢰가 회복되고 내 삶의 방식이 타협될 것도 아니라면 남편과 내가 서로를 위해서 각자의 삶을 사는 것도 그리 나쁘지 않다고 생각했지요. 분위기가 점차로 무르익자 어느새 와인 반병을 비웠어요. 얼얼하게 술기운이 올라오자 나는 그만 불쑥 한마디 꺼내고 말았지요.

"허벅지와 종아리는 이제 좀 괜찮은가요?"

"그럼 지수 씨가 직접 보실래요? 제가 한 번 더 보여드릴 수 있습니다."

"아뇨. 전 그냥…."

이를 어쩌나! 그때가 언제 적 일인데…. 한번 뱉어낸 말은 도로 주워 담을 수도 없었어요. 내가 쑥스러워 얼굴을 붉히며 민망한 표정을 짓자 당신의 몽롱한 눈빛이 나를 따뜻하게 감싸주었지요.

"그날 지수 씨를 만나지 않았더라면 아마도 지금쯤 저는 이 세상에 존재하지 않았을 겁니다. 그래서 지수 씨를 더 만나고 싶었어요. 우리 어머니 말씀에 의하면 세상을 살면서 만나야 할 인연은 반드시 만나게 되어 있다고 했습니다. 그게 깊은 인연이라고 하더군요. 지금 전 무척 행복합니다. 내가 이렇게 멀쩡히 살아 있다는 것도, 지금 내 앞에 지수 씨가 앉아 있다는 것도 꿈만 같아요. 사람은 어느 한순간 자칫 생각을 잘못하면 죽을 수도 있다는 걸 그날 깨달았지요. 그날은 오로지 죽음, 죽음만이 뇌리에 가득했으니까요. 지수 씨의 따뜻한 정성이 날 구한 셈이죠. 벌레처럼 처참히 버려진 날 위해 그토록 정성껏 마사지해준 그 부드러운 손길에 제가 감격하여 눈물이 핑 돌았으니까요. 그래도 아직은 내가 살아갈 가치가 있구나, 하는 걸 진정으로 느끼고 깨닫게 해줬으니까요."

당신의 말을 듣고 보니 누군가의 작은 관심과 정성이 타인의 목숨을 살릴 수도 있다는 걸 나 또한 당신을 통해 깨닫게 되었어요. 저도 그날 당신처럼 죽고 싶다는 생각을 하고 있었으니까요. 우리는 서로 버팀목이 되어 준 셈이었지요. 잠시 지난 얘기를 나누다 보니 남편의 배신감과 상처가 다시 악몽처럼 되살아났어요. 하지만 아무려면 어떻습니까. 그건 이미 지나간 과거일 뿐. 나는 그 기억을 머릿속에서 말끔히 떨쳐버리려고 애썼어요. 그리고 앞으로 날 슬프게 하거나 고통스럽게 하는 것들은 모두 망각하고 싶었지요.

당신은 아주 유쾌하게 눈을 한번 찡긋하더니 그동안 회사 출장을 다녀왔던 곳곳을 들려주었어요. 뉴욕 맨하탄의 화창한 가을날, 페리를 타고 자유의 여신상과 맨하튼 브릿지를 구경한 것과, 런던 빅토리아 앤 알버트 뮤지엄에 전시된 조각상을 관람했던 소감과, 일본 도쿄 하코네에서 보았던 흰 눈이 소복하게 쌓인 후지산과 그 주변에 있는 호수에 대해서도 세세히 설명해주었어요. 그러면서 여행은 젊었을 때 되도록 많이 다녀봐야 인생이 풍요로워진다고 했어요. 당신의 애기를 듣는 동안 당신과 나의 삶이 달라도 너무 다르다는 걸 알게 되면서 강한 호기심도 발동했어요. 당신을 좀 더 가까이에서 깊숙이 알고 싶다는 간절한 마음과 함께요. 당신은 날 앞으로도 계속 만나고 싶다고 말했어요. 저는 흔쾌히 허락했어요. 당신으로부터 아주 귀한 선물을 받은 듯했지요. 당신이 나의 든든한 보디가드가 되어 준다면 더는 캄캄한 우물 속 같은 삶을 살지 않아도 될 것 같았으니까요. 내가 원하면 언제든지 당신을 만날 수 있다는 게 가슴이 벅차기도 했지요.

3

'불교성전'은 석가모니 부처님께서 출가하여 열반에 이르기까지 일대기를 담고 있었다. 나는 부처님과 제자들의 진리에 대한 보석 같은 말들이 가득하다는 그 책장을 넘기고 또 넘겨보았다. 하지만 읽고 있는 순간에는 뭔가 가슴에 와 닿는 게 있었지만, 막상 책을 덮으면 뭘 읽었는지 모를 지경으로 머릿속이 멍해졌다. 그러니 누군가 그 책을 물으면 대답조차 할 수가 없었다. 읽어도 뭘 읽었는지 도통 몰랐기 때문이다.

어느덧 봄의 따사로운 햇살이 세상을 환하게 비추고 있었다. 그동안 그에게서 몇 번이나 전화가 왔지만 받지 않았다. 초라한 내 몰골을 보여준다는 게 고문처럼 싫었다. 또 나로 인해 그에게 심적 부담도 주고 싶지 않았고 과거의 인연으로 인해 다시 혼란스러운 삶을 살고 싶지도 않았다. 아니, 딸아이를 데려오는 문제로 그를 생각할 겨를조차도 없었다. 지난번 딸을 데려오려고 시도했지만 그게 생각처럼 되질 않아서 온통 신경이 딸아이에게 쏠려 있었다. 뒤늦게 이혼 사유를 알게 된 시어머니가 화냥년에게 절대 손녀딸을 맡길 수 없다며 노발대발 길길이 날뛰면서 완강히 버텼기 때문이다. 대신 내가 딸이 보고 싶을 때 만날 수 있게는 해주겠다고 했다. 결과적으로 나는 위자료 한 푼 받지 못하고 양육권까지 박탈당한 채 맨몸으로 쫓겨난 신세가 되어버렸다. 남편의 과거 불미스러운 행적을 들추며 어떻게든 시어머니를 설득해보려고 했으나, 시어머니는 남자란 한 번쯤 그럴 수도 있다면서 오히려 자기 아들을 두둔하기에 여념이 없었다. 나는 도저히 남편과 시어머니의 합세 공세에 맞대응할 수가 없었다. 만약 내가 양육권을 포기하지 않으면 딸에게 과거 엄마의 더러운 짓거리를 낱낱이 고해바치겠다고 으름장을 놓았다. 어찌해볼 재간이 없었다. 딸에게만은 못난 엄마로 인해 고통을 주고 싶지가 않았다. 딸에게 씻을 수 없는 죄를 지었다는 사실이 나를 더 고통스럽게 만들었다. 그런 딸에게 제대로 엄마 노릇 해본 적이 없다는 사실 또한 그토록 후회스러울 수가 없었다.

고통의 매 순간들도 시간이 흐르자 그 상처가 조금씩 내 안에서 아물어가고 있었다. 나는 결국 딸아이를 데려올 수 없게 되자 굳이 다른 일자리가 필요하지 않았다. 그래서 언니의 일손을 돕기로 하였다. 가게 일을 하면서도 문득문득 딸아이가 생각날 때면 몸을 사리지 않고 미친 듯이 일에 매달렸다. 안 그러면 자책감이 끊임없이 나를 괴롭혔다. 일주일 전에는 아파트 놀이터에서 친구들과 놀고 있는 딸아이를 발견하곤 반가운 마음에 달려가 민지야, 하고 부르자 딸은 날 쳐다보더니 이내 고개를 돌려버리곤 친구들과 놀았다. 딸아이의 무관심한 표정을 보자 나는 그만 커다란 충격을 받고 말았다. 딸아이는 이미 엄마인 나를 타인처럼 대하고 있었다.

언니의 가게는 날로 번창하게 되면서 더 많은 인력이 필요했다. 그리고 시장에서 제일 잘 나가는 채소 도매상으로 우뚝 자리를 잡았다. 언니는 이게 다 내가 도와준 덕분이라며 고마워했다. 나는 어쩌다가 쉬는 날이면 딸아이를 잠깐 만나서 맛난 음식과 그 애가 갖고 싶은 물건들을 사주는 게 고작이었다. 간혹 내가 그동안 못다 한 애정을 베풀려고 하면 오히려 딸아이가 그걸 부담스러워하는 눈치였다. 그리고 만나서 어느 정도 시간이 지나면 딸아이가 먼저 할머니한테 가겠다고 했다. 그러면 어쩔 수 없이 딸아이를 보낼 수밖에 없었다. 그런 날이면 나는 방구석에 처박혀 혼자 속울음을 삼키곤 하였다. 못난 엄마로 인해 마음의 문을 굳게 닫아버린 딸아이가 그토록 안쓰러울 수가 없었다. 그 아이가 받은 마음의 고통과 외로움이 오죽이나 많았으면 그랬을까 싶어서 말이다. 나는 죽는 날까지 딸에게 씻을 수 없는 죄를 짓고 만 것이었다. 무엇보다 엄마의 관심과 따뜻한 사랑이 필요할 시기에, 나는 오로지 그에게만 매달리면서 엄마이기를 포기한 거나 다름없었다. 그런 내가 지금 와서 무슨 자격으로 딸의 얼굴을 똑바로 바라볼 수 있겠는가. 가엾은 딸아이를 생각할 때면 지난날 나의 행동을 후회하고 또 후회하며 많은 눈물을 흘렸다. 이미 엎질러진 물이지만 이제 더는 딸에게 죄를 짓고 싶지 않았다. 딸아이 문제로 고심하고 있을 즈음 언니는 함께 동화사에 가자고 했다. 그 절은 언젠가 내가 가보고 싶다고 언니에게 말한 적이 있었다. 언니는 그걸 기억하곤 일부러 시간을 만들어 날 데리고 그곳으로 봄나들이를 갈 계획을 세운 것이다.

동화사는 수려한 경관을 자랑하고 있었다. 언니와 나는 일주문 앞에서 반 배를 올린 후 두루두루 자연을 감상하며 대웅전을 향해 걸어간다. 사방에서 숲의 싱그러운 기운이 느껴지자 답답하던 오장육부가 시원하게 뻥 뚫리는 듯하다. 그 자연의 향기를 흠뻑 들이마시며 산책로를 따라 걸어간다. 주위에는 각지에서 몰려든 사람들의 발길이 끊임없이 이어지고 있다. 어디선가 들려오는 산새 울음소리와 시냇물 졸졸 흐르는 소리는 마치 저 너머의 유토피아 세상에서 들려오는 듯하다. 이렇듯 아름다운 자연의 온갖 소리는 복잡한 마음을 다소 편안하게 해준다. 녹음이 짙은 오솔길에선 자연의 멜로디가 마치 천상의 노래처럼 들려오고, 저쪽 우거진 밤나무와 고목 나무 사이에서는 다람쥐가 이리저리 뛰놀면서 사람들의 눈길을 잡아끌고 있다. 참으로 오랜만에 느껴보는 마음의 평화에 그저 감개무량함을 금할 길 없다.

대웅전이 보이자 언니와 나는 몇 개의 돌계단을 밟으며 올라간다. 그리고 막 돌계단에 올라서자 내가 무심결에 뒤를 돌아본다. 순간 두 눈이 휘둥그레진다. 묵호 절집에서 만났던 스님이 맞은편 돌담 앞에 우두커니 서 있는 게 아닌가. 내가 언니 손을 이끌곤 다급하게 돌계단에서 내려와 스님 쪽으로 종종걸음을 친다.

"스님!"

내가 부르는 소리에 고개를 돌린 스님도 날 보자마자 깜짝 놀란다.

"아니, 보살님이 이 절엔 어쩐 일이십니까?"

"싱그러운 봄날을 맞아 마음의 소풍을 왔지요. 근데 이곳에서 다시 스님을 만나 뵙다니… 이게 꿈인지, 생신인지….'

"허허, 이렇게 만날 수 있는 일도 흔치 않은데, 정말 기이한 인연이군요."

"참, 이쪽은 제 언니예요."

사태를 파악한 언니가 스님께 두 손을 합장하곤 고개를 숙여 인사를 한다. 너무 흥분한 나는 아이처럼 즐거운 표정을 지으며 싱글벙글 웃자 스님은 날 지그시 바라보며 말한다.

"보살님, 먼저 법당에 가셔서 절부터 하고 오시지요."

"아, 예. 그럼 법당에 다녀올 때까지 어디 가시지 마세요, 스님!"

"그러하겠습니다."

신바람이 난 나는 언니의 손을 잡곤 빠른 동작으로 법당으로 들어가 기도를 올린 후 다시 스님에게로 바삐 걸어간다.

스님은 아까 그 자리에 그대로 우두커니 선 채로 우리를 기다리고 있었다. 나는 잠깐 고개를 들어 하늘을 올려다본다. 그토록 화창하게 맑았던 하늘이 어느샌가 잿빛으로 변해 있다. 금방이라도 소나기가 퍼부어댈 것만 같은 궂은 날씨다. 스님은 우리를 근처 한적한 곳으로 안내를 한다.

"보살님들이 절에 오셨는데 제가 달리 안내할 곳이 없군요. 저기 내려다보이는 곳이 우리 스님들이 공부하는 선방이지요. 이곳 주지스님께서 선방 문을 열어주셔서 저도 맑은 공기를 마시며 공부에 전념하고 있답니다."

"선방 규율이 매우 엄격하다던데요."

언니의 말에 스님은 고개를 끄덕인다.

"그렇지요. 마음공부라는 게 어디 자기 뜻대로 되는 건가요? 그러니 스님들의 최고의 적은 번뇌이지요. 지금 제가 이렇게 보살님들을 만나서 이야기하는 것조차 규율에 어긋나는 일이기도 하고요."

"참, 보살님은 '불교성전' 읽어보셨습니까?"

"아, 예. 그렇게 좋은 책을 접하게 해주셔서 감사드립니다."

별안간 스님의 질문에 내가 얼떨결에 마음에도 없는 소리를 내뱉고는 멋쩍은 표정을 짓자, 스님은 빙긋 웃으며 허공을 향해 고개를 돌린다.

"아침에 까치가 울었습니다. 내게 반가운 손님이 올 일도 없는데도 마음이 아주 상쾌하더군요. 그래서 아까는 공양을 마치고 시간이 좀 있기에 이쪽으로 발길이 닿던 중이었습니다."

"아마도 부처님의 가피가 우리를 도왔나 봅니다."

생긋 웃으며 말하는 언니의 표정은 매우 밝다. 나는 언니와 스님을 번갈아 쳐다보다가 시선을 스님에게 멈춘다.

"스님, 건강은 괜찮으세요?"

"예. 지금은 많이 호전되었지요."

"정말 다행이군요."

그때 문득 언젠가 라디오에서 들었던 말이 뇌리를 스치고 지나간다. 속세가 싫어 절에 들어간 스님도 때로는 속세가 그리워진다던…. 다시 하늘을 올려다본다. 인연의 끈을 끊고 또 끊고 가야만 하는 깨달음의 세계. 죽음보다 더 절박한 고독을 끌어안고 이생, 또 다음 생으로까지 이어지는 깨달음이라는 공부. 과연 그 험난한 고행길을 몸도 성치 않은 스님이 해낼 수 있을까. 은근히 스님의 건강이 걱정되자 나도 모르게 잿빛 승복에 눈길이 닿는다. 옷자락은 바람결에 살짝살짝 펄럭인다. 삽시간에 알 수 없는 슬픔이 빗물처럼 내 안으로 가득 차오르고 있다. 이제 헤어지면 더는 만날 수 없는 인연이라서 그럴까. 마침내 헤어질 시간이 되자 우리는 공손하게 두 손을 모아 합장을 한 후 스님께 작별인사를 드린다.

"스님, 부디 성불하소서!"

저만치 멀어지는 스님의 뒷모습을 아쉬운 표정으로 바라보고 있을 때 언니는 날 근처 종무실로 데리고 간다. 그곳에서 스님의 이름으로 대중공양을 올린 후 우리는 점심 공양을 하곤 서둘러 팔공산 갓바위 쪽으로 올라간다.

약사여래불이 있는 갓바위 기도처는 전국에서 몰려든 신도들과 관광객들로 꽉 붐비고 있다. 소원성취를 위해 부처님께 정성껏 기도하고 있는 많은 인파 틈으로 우리도 한쪽 자리를 차지하곤 기도를 올린다. 얼마나 기도를 했을까. 그토록 증오하던 남편의 존재도 내 안에서 서서히 지워지고 있다. 전생의 업으로 맺게 된 그 인연 때문에 자신을 괴롭힐 필요는 없다. 또 그 인연이 끊겼다고 원망할 필요도 없다. 비록 지금은 남남이 되었지만 그래도 각자의 삶에서 서로 행복하길 바라야 한다고 나는 기도하면서 자신에게 타이르고 또 타일러본다.

온몸은 땀으로 흥건히 젖어 있다. 알고 보면 원망도 미움도 스스로 만들어내는 것이다. 그러니 스스로 지은 죄의 업을 씻고 또 씻어내야만 한다. 다시 그를 만나는 일은 더 큰 업을 짓는 일이다. 딸을 위해서라도 아니 나를 위해서라도 잘못된 과거로 다시 돌아갈 순 없는 노릇이다. 땀인지 눈물인지 모를 물기가 빗물처럼 줄줄 흘러내린다. 무엇보다 그와의 인연을 마음에서 모질게 잘라내는 게 가장 힘든 일이라는 걸 기도하면서 느낄 수가 있었다.

　마침내 기도를 마치고 수건으로 땀을 훔쳐내며 먼 산을 바라보고 있을 때 칠순이 넘어 보이는 보살님이 내게 다가온다.

　"아까부터 기도하는 거 지켜보니 젊은 보살이 참으로 불심도 좋소. 하기야 기도를 하면 다 자기한테 공덕이 돌아오니 그 얼마나 좋으오. 나는 무릎이 성치 않아서 그저 마음으로만 기도했다오. 그래, 절에 다닌 지는 얼마나 오래 됐수?"

　"오래되지 않았어요. 이렇게 큰 절에 와 본 것도 이번이 처음인 걸로요."

　"으흠. 열심히 마음을 닦아야 하겠소. 보아하니 마(魔)가 높으니 기도로써 그걸 다스려야 할게요. 그러다 보면 자연히 마음공부도 하게 될 게고, 불법도 저절로 깨우치게 될게요."

　노 보살은 뜬금없는 말을 툭 던지고는 자리에서 끙, 신음을 내뱉으며 일어나 저쪽으로 걸어간다. 뜻밖의 말을 듣게 되자 방금 노 보살의 말을 곱씹어본다. 내가 마가 높다니⋯, 그래서 팔자가 이리도 사나운 것일까. 나는 시야에서 멀어져가는 노 보살의 구부정한 뒷모습을 바라보다가 문득 내면을 들여다본다. 위선으로 똘똘 뭉친 자아가 실체를 감춘 채 숨어 있지 않은가. 그 실체가 보일 듯, 보일 듯, 하다가도 끝내 드러내지 않는 이중적인 자아. 그 자아의 실체를 볼 수 없다는 것은 그만큼 나의 기도가 부족한 탓이리라.

언니는 아직도 기도에 몰입하고 있다. 그토록 숱한 인생의 고난을 어떻게 다 이겨냈을까. 저토록 열심히 기도하면서 이겨냈단 말인가. 이윽고 언니의 기도가 끝나자 나는 살그머니 언니의 손을 잡아본다. 투박하고 거친 손가락 마디마디가 마치 사내의 손가락처럼 굵디굵다. 언니는 바로 이 손으로 많은 일을 일구어냈다. 그 덕에 나 또한 편안한 삶을 누리고 있는 게 아니던가. 오늘 비로소 기도하고 나자 평소와는 달리 마음가짐도 달라진다. 내면에서 충만한 에너지가 가득 차오르면서 모든 게 감사하게 느껴진 것이다. 바로 이런 게 기도의 묘미라는 것일까.

"언니, 날 이 절에 데려와 줘서 정말 고마워!"

"애는 새삼스럽게…, 암튼 오늘 네가 기도하는 걸 보니 나도 마음이 흐뭇했어. 앞으로도 그렇게 열심히 기도하면 되는 거야."

그때 세찬 바람이 불면서 나뭇가지가 심하게 흔들린다. 우리는 서둘러 갓바위에서 내려온다. 잠시 뒤 갑자기 쏟아지는 소낙비는 산사의 고요한 정적마저 깨뜨리고 있다. 우리는 절에서 받은 비닐우산을 쓰고 돌아서다 말고 두 손을 모아 선방이 있는 쪽으로 몸을 향하곤 스님께 작별인사를 고한다. 나의 침묵의 언어는 새떼가 되어 저 빗줄기를 뚫고 허공으로 훨훨 날아가고 있다.

아아, 태풍이 휘몰아칩니다, 인간의 번뇌처럼.

그 번뇌의 불꽃이 저 빗줄기에 묻어 산사에 쏟아지고

그 뿌연 안개에 휩싸여버린 내 마음은

갈 길을 잃은 채 하염없이 관세음보살 염불만을 읊조려봅니다.

그윽한 스님의 향기에 드릴 수 있는 건 無.

고결하신 스님의 숨결이 비바람에 출렁일 때

내 마음도 관세음보살을 향해 기도하며 염불을 읊조리오리다.

스님, 부디 성불하소서!

나날이 가게 일은 분주하기 짝이 없다. 매일매일 단골 식당에서 주문한 각종 채소를 수시로 배달을 해야만 하고, 채소를 다듬어 좌판에 내놓는 일도 수시로 확인해야만 한다. 아줌마들의 일손도 여전히 부족하다 보니 내 몸도 피곤하고 고달프다. 더군다나 갑질을 하는 손님을 대할 때면 스트레스가 이만저만이 아니었다. 박스에서 갓 꺼낸 싱싱한 채소를 자꾸만 트집 잡고선 결국 비싸다며 휑하니 돌아설 때면 뒤따라가 한 대 쥐어박고 싶은 심정이었다. 이렇듯 많은 손님을 상대하다 보면 별의별 손님들이 다 있었다. 그러한 손님들을 대하다 보니 언니가 더더욱 존경스럽지 않을 수가 없다. 그 숱한 세월을 다양한 손님 비위를 다 맞춰가며 일을 했을 언니의 노고. 그래서 장사해서 번 돈은 개도 안 물어간다고 했을까. 그만큼 손님들의 호주머니에서 돈을 끄집어낸다는 게 그처럼 어려운 일이었다.

시간이 흐르고 또 흐르자 나도 시장바닥의 생리를 훤히 내다볼 수 있게 되었다. 사실 돈을 벌고 싶다는 강한 욕망이 생기자 그것도 꿰뚫어 보게 되었는지도 모른다. 동화사를 다녀온 후부터, 새로운 삶에 도전하고 싶다는 마음의 각오가 생겼다. 그러려면 우선 돈이 있어야만 뭐든 시작할 수가 있었다. 처음엔 도무지 버텨내지 못할 것 같았던 장사도 마음이 확 바뀌자 그 일도 할 만하게 느껴졌다. 언니는 어느 정도 목돈이 모이면 꽃가게를 해보라고 조언했다. 언제 기회를 봐서 괜찮은 길목에 가게를 얻어준다고. 지금 장사하는 경험이 아마도 그때 많은 도움이 될 것이라며 매사 긍정적인 사고로 손님들에게 친절히 대하라는 말을 잊지 않았다. 그게 장사의 비결이라고 귀띔해주면서. 그런 언니가 늘 감사하고 고마웠지만 다른 한편으론 너무 고생하는 언니를 보면 가슴이 먹먹해지는 것도 사실이다.

오늘도 언니는 휴게실에서 배달음식이 식었을 때야 식사를 하고 있다. 내가 언니에게 다가가 불쑥 한 마디 던진다.

"언니, 정말 재혼할 마음은 없는 거야?"

내 말에 당황했는지 밥숟가락을 입에 집어넣다가 말고 언니가 날 빤히 쳐다본다. 내가 언니의 표정을 살피며 다시 조심스럽게 말한다.

"언니가 고생하는 게 영 마음이 좋지 않아서 말이야. 이젠 안방마님처럼 편하게 살림살이나 하면서 그동안 누리지 못한 거 실컷 누리며 살아도 되잖아! 언니도 화장 곱게 하고 잘 꾸미면 얼마나 예쁜데…, 그렇다고 평생 시장바닥에서 장사만 하면서 아까운 인생 늙어갈 순 없는 거잖아!"

"아이고, 지금 내 나이가 오십을 바라보고 있어요, 아우님!"

"그 나이가 어때서?"

"난 재혼할 생각은 추호도 없거든! 물론 한때 네가 제부랑 행복하게 사는 모습을 볼 땐 참 부럽기도 했어. 그런 제부에게 고맙기도 했고. 한데 결과는 최악이었잖아. 세상에 믿을 놈 하나 없다던 시장 여편네들 말 하나도 틀린 게 없지 뭐냐. 남자란 집 안에 있을 때나 자기 남편이지 현관문 나서면 다른 년의 남자라는 거 말이야. 그러니 내가 뒤늦게 누굴 만나겠냐? 아마도 날 좋다는 놈은 필시 내가 아닌 내가 가진 돈 때문이겠지! 그래서 난 죽어서 저승 가면 네 형부나 만날 생각이야. 그나저나 네가 좋은 사람을 만나야지? 참, 저번에 통화하던 그 남자는 대체 누구니?"

"학교 선배야, 저번에 동창 모임에서 만났던…"

"그 남자도 아직 혼자라면 둘이 잘해봐! 널 그렇게 만나고 싶은 것 같던데…, 근데 넌 왜 만나주지 않니?"

"내가 이혼한 지 얼마나 됐다고 벌써 다른 남자를 만나? 나도 언니처럼 혼자 살래! 남자라면 지긋지긋하니까. 나중에 공양주나 하면서 살까?"

"공양주는 뭐 아무나 하는 줄 알아? 그것도 부처님이 부르는 사람들이 하는 게야. 그만큼 마음의 준비가 된 사람들이란 말이지. 내가 널 절집에 데리고 다닌 건 훗날 공양주 하라는 게 아니라 스스로 마음을 다스릴 수 있게 불법 공부하면서 삶의 지혜도 터득하기를 바라는 마음에서였어. 그나저나 너 기도할 때 관세음보살 염불만을 계속 읊조리던데 대체 그 의미라도 알고 기도하는 거니?"

"……"

"그럴 줄 알았지! 지금 말해줄 테니 잘 들어둬라. 관세음보살, '관'이라는 건 열심히 노력해서 땀을 흘리는 모습을 뜻하고, '세'는 세간에 사는 사람들 즉 나의 모습이고, '음'은 '관'과 '세'가 준비된 사람이 관세음보살을 부르면 관세음보살이 그 소리를 듣고 움직이는 분이라는 뜻이 담겨 있어. 앞으로는 그 깊은 의미를 되새기면서 기도를 올려라!"

내가 고개를 끄덕이자 언니는 다신 공양주 말 함부로 꺼내지 말라며 남은 밥을 다 먹고는 재빠른 동작으로 각종 채소를 배달 박스에 집어넣는다. 그런 언니의 뒷모습을 물끄러미 바라본다. 빛바랜 작업복 바지와 물색 티셔츠를 입고 있는 몸은 예전보다 더 야위어져 있다. 저렇게 악착같이 돈을 벌어서 대체 뭐 하려는 것일까.

때로는 몸살이 있는데도 언니는 쉬지도 않고 약봉지를 입에 탈탈 털어 넣으면서까지 장사에 매달렸다. 그러고는 집으로 돌아오면 한결같이 화성육품(영가들을 위한 기도)을 열심히 읽었다. 특히 밤 열두시에서 새벽 한시까지 집중해서 읽는 걸 마치 일상인 듯 이어가고 있었다. 언니는 죽은 형부가 자기의 기도로 인해 좀 더 나은 위 단계로 올려주고 싶어서 그런다고 했다. 사람이 죽으면 각자 업보에 의하여 가는 곳이 있는데, 그 단계가 모두 다르기에 무엇보다도 기도가 필요하다고. 새벽 첫시에 기도를 하면 엄청난 정성이 하늘에 닿기 때문에 그 시간에 읽는 게 가장 효과적이라고. 태백에 있는 절집의 신도가 된 후부터 언니는 예전보다 지극정성으로 더 기도에 정진했다. 나는 그 믿음을 오롯이 받아들이지 못해서인지 언니처럼 종교에 푹 빠져들지 못하고 있었다.

나는 쓸쓸하게 웃으며 빈 그릇들을 둥그런 쟁반에 챙겨서 그걸 밖에 내다 놓곤 다시 언니를 부른다.

"언니, 제발 좀 쉬어가며 일해! 아등바등 그렇게 돈 많이 벌어서 그 돈 다 뭐하게? 자식들 주려고?"

"그런 말 하지 마라! 난 자식들 다 결혼시키고 나면 절에 들어갈 거니까. 내가 노후에 기거할 암자도 하나 짓고 싶고. 그러려면 충분한 자금이 준비되어 있어야지. 그때까지만 일할 작정이야. 그런 다음 남은 인생 부처님 그늘에서 살 거야."

"어휴 우리 집안에 비구니스님 한 분 탄생하겠네그려!"

"그 주둥이 함부로 놀리지 마라. 스님은 아무나 되는 게 아니야, 이것아!"

"난 뭐가 뭔지 도통 모르겠어. 솔직히 말해서 언니가 왜 그런 생각을 하는지도 정말 이해가 되질 않아. 그냥 다른 사람들처럼 평범하게 절에 다니는 신도로만 살아. 적당히 인생을 즐기면서 말이야. 왜 굳이 스스로 그 어려운 길을 선택하려고 해?"

"그럼 넌 왜 아까 공양주로 살고 싶다고 했니? 사람마다 다 자기가 해야 할 일과 가야 할 길이라는 게 있는 거야. 쓸데없는 소리 하지 말고 어서어서 일이나 해! 이건 무슨 말이 통해야 대화도 하지."

언니는 답답하다는 표정으로 고개를 돌리곤 마저 하던 일을 계속한다. 언니와 나는 이처럼 종교에 대한 말을 나누게 되면 영 소통이 되지 않았다. 근데 나는 왜 아까 언니 앞에서 불쑥 공양주 말을 꺼냈을까. 전혀 생각지도 않던 말이 무심코 튀어나와 버린 것이다. 절집을 삶의 도피처로 생각했을까. 정말이지 나도 모를 일이다.

언니는 형부가 죽은 후부터 본격적으로 불심을 키워왔다. 그리고 태백산에 있는 절의 신도로 옮긴 후부터 오만팔천 영령들 화신제도를 하는 음력 3월 3일과, 9월 9일이면 어김없이 3박 4일 일정을 절에서 기도에만 집중하였다. 내가 그 절에 관해 물어볼 때면 언니의 눈빛은 영롱하게 빛났다. 우선 절에 가면 미타전, 자비전에서 삼배를 올린 후, 소나무가 우거진 좁은 오솔길을 따라 탑으로 올라가. 탑에 도착하면 전국에서 몰려든 신도들이 탑에다가 제각각 정성의 보시를 하곤, 세 바퀴에서 일곱 바퀴, 탑 오른쪽으로 돌며 기도를 해. 내 기도는 천 탑에서 3박 4일 동안 밤낮으로 3시간 돌고 한 시간 앉아서 쉬고, 그러기를 반복하면서 기도하지. 그렇게 기도하다 보면 탑 허공에 떠도는 수많은 영을 접하게도 돼. 그걸 직접 눈으로 확인한 후 믿음이 더욱 확고하게 굳혀졌어. 그래서 아버지, 어머니 네 형부의 위패도 그곳으로 모셔두게 되었지. 언니로부터 그 말을 전해 듣고서야 언니의 불심이 어느 정도인지를 직감할 수 있었다. 장사 하면서도 습관처럼 '묘법연화경' 경전을 읊조리곤 하였으니까. 어느 날 내가 '묘법연화경' 경전이 어떤 의미인지를 물어보자 언니는 무섭거나, 괴로울 때, 다급할 때, 그 경전을 읊조리면 한결 마음이 편안해진다고 설명했다. 그러면서 내게도 자기처럼 따라 해보라고 권유했지만, 아직은 그러고 싶지가 않았다. 지금까지 나를 지탱해준 기도는 오로지 '관세음보살' 그분이기 때문이다.

왜 하필이면 관세음보살일까. 그렇다. 언젠가 삶이 아주 끔찍이 고통스러울 때 참으로 기이하고도 신비한 꿈을 꾼 적이 있었다. 내가 캄캄한 동굴에 홀로 갇혀 있었다. 사방은 온통 어둠뿐이라서 그 어떤 것도 손에 잡히지 않았다. 도무지 빠져나갈 입구조차 찾을 수 없을 때, 나도 모르게 관세음보살, 관세음보살을 애타게 불렀다. 그때 어디선가 흰 한복을 입은 할머니가 나타나더니 동굴을 꽉 막고 있는 커다란 바위 같은 돌덩이를 마치 미닫이문처럼 한쪽으로 쓱 밀어제쳤다. 그러자 따사로운 햇살이 동굴 깊숙이까지 비추었다. 그때야 나는 그 햇살을 따라 무사히 동굴에서 빠져나올 수 있었다. 아무리 꿈이라지만 그날의 꿈은 결코 잊을 수가 없었다. 그 후 기도할 때면 으레 내 입에서 '관세음보살' 염불만을 읊조리게 되었다.

어느덧 단풍이 곱게 물들어갈 무렵, 언니는 내게 작은 평수의 아파트를 장만해 주었다. 가장 먼저 딸아이의 얼굴이 떠올랐다. 새로운 보금자리에서 함께 살고 싶었으나 그럴 수 없다는 게 가슴이 미어 지도록 아파 왔다. 내 마음을 읽은 언니는 민지가 아빠와 할머니랑 잘 지내고 있으니 그것만으로도 감사하게 여기라며 날 위로했다.

언니의 지극한 사랑으로 인해 아픔의 상처도 조금씩 아물어가고 있었다. 그래서인지 불법을 무조건 마음에서 밀어내는 게 아니라, 그것에 관심을 가지고 알아보려고 언니 몰래 경전을 훑어보기도 하였다.

어둠이 깔린 거리에는 가을비가 주룩주룩 내리고 있다. 이런 날이면 괜스레 김광석이 부른 '어느 60대 노부부의 이야기' 노래가 듣고 싶어진다. 창문에 기대어 휴대폰 유튜브에서 그 노래를 찾고 있을 때, 별안간 휴대폰 벨소리가 울어댄다. 그의 이름이 액정화면에 뜨자 잠시 망설여진다. 내가 만나서 굳이 할 얘기가 없다고 그토록 말했음에도 불구하고 그는 여전히 과거의 집착에서 벗어나지 못하고 있다. 예전에 내가 그에게서 벗어나지 못했던 것처럼 말이다. 어느덧 나는 그에게서 서서히 벗어나고 있었다. 그런 내 마음의 변화에 사실 나도 놀랐다. 이상하리만치 시간이 흐르면 흐를수록 그에 대한 감정이 점점 옅어지고 있었다. 언젠가는 그도 사랑이 영원하지 않다는 걸 나처럼 알게 될 것이다. 정녕 보고 싶을 때, 지독히도 그리울 때, 곁에 없는 사랑은 결코 진실한 사랑이 아니라는 것도 깨닫게 될 것이다. 나는 깊은 한숨을 내쉬며 통화 버튼을 눌러본다.

"왜 또 전화했어요?"

"더는 기다릴 수가 없어서 말이오. 꼭 해야 할 말이 있소."

"그럼 지금 말해 봐요!"

"전화로 할 게 아니오. 제발 만나서 얘기합시다!"

그의 깊은 한숨 소리가 들려오자 이제 더는 내 감정을 숨기고 싶지가 않아진다. 나는 이를 데 없이 답답한 어조로 말한다.

"솔직히 당신을 만나 예전처럼 감성에 젖어, 감미로운 음악이나 들으며 여유를 부릴 만큼, 지금 내 처지가 그리 한가롭지가 못해요. 왜냐고요? 이혼했거든요. 지난겨울에 말이에요. 그래서 당신을 만난다는 것도 무섭고 두려웠어요. 지난 기억을 떠올린다는 그 자체가 고통스러웠으니까요. 그러니까 제발 전화하지 마세요!"

"난 이미 그 사실을 알고 있었소. 사람은 현실의 환경에 따라 마음도 달라지는 법이오. 하지만 사랑하는 그 마음까지는 달라지진 않소. 당신은 언제까지나 내겐 그리운 사람이니까. 더 늦기 전에 꼭 만나고 싶소. 내겐 매우 중요한 일이란 말이오!"

"아니, 당신이 어떻게 내가 이혼한 사실을 알아요?"

"그래서 만나자는 거 아니오! 그 진실을 말하려고 말이오."

망치로 정수리를 세게 얻어맞은 기분이다. 그가 어떻게 그 사실을 알았을까. 그리고 그가 말하고자 하는 진실이라는 게 대체 뭘까. 삽시간에 머릿속이 벌집 쑤셔대듯 복잡해지기 시작한다. 그러자 이제 내가 더 그를 만나고 싶어진다. 그의 입에서 도대체 어떤 말들이 나올지 궁금해진다.

"그렇다면 만나지요. 제가 이혼한 것도 아시는데 무얼 더 망설이겠어요."

"정말 고맙소! 그럼 이번 주 토요일 저녁 6시에 우리가 처음 만났던 그 장소로 나와 주오."

전화를 끊고는 침대에 걸터앉아 숨을 죽인 채 멍한 표정으로 천장만을 올려다본다. 그를 다시 만날 것이라고 생각을 하니 그의 그림자가 온몸을 휘감는다. 모질게 마음을 다잡았는데도 막상 그의 전화를 받고 나면 매번 마음이 아려온다. 그래서 더 전화를 받지 않으려고 했는지도 모른다. 언제는 날 피하듯 런던으로 떠났던 사람이 지금은 나를 붙잡고 만나달라고 애원하고 있다. 대체 무엇 때문에 그러는 걸까. 그리고 내가 이혼한 사실을 어떻게 알고 있는 것일까.

나는 어쩌면 지금도 그를 용서하지 못하고 있는 것인지도 모른다. 그가 떠난 후 그 아픔은 남편에게 배신당한 고통보다도 더했기 때문이다. 그런데도 그를 미워할 수도 없었다. 어차피 가족의 품으로 떠나야 할 사람이라는 걸 이미 알고 있었기에. 하지만 그 이별의 방법이 너무나 날 고통으로 몰아넣었다. 인천공항에서 처참하게 버려진 기분이랄까. 자존감은 바닥에서 짓뭉개졌다. 그래서 그날 언니를 따라 묵호의 절집을 갔다. 그렇게 떠난 그의 존재는 내 삶의 전체를 송두리째 뒤흔들어놓았다.

나는 침대에서 몸을 일으키곤 책장에서 무심코 한 권의 책을 꺼내 본다. '고래'라는 천명관 작가의 소설책이다. 책 페이지를 넘기고 또 넘겨보다가 문득 어느 한 페이지에 내 시선이 사정없이 꽂히고 만다.

나는 변함없이 당신을 기다리고 있답니다.
한 쌍의 족제비가 사랑을 나누듯
한 쌍의 잠자리가 사랑을 나누듯
우리는 다시 만나
예전처럼 함께 사랑을 나누어요.
그대, 다시 돌아오세요.
나는 언제나 당신을 기다리고 있답니다.

*

　사랑이 사람의 마음을 그토록 빨리 변화시킨다는 사실을
비로소 당신을 통해서 깨닫게 되었어요. 우리의 관계가 급작
스럽게 연인으로 변하고 말았으니까요. 좀처럼 뜨거워지지 않
을 것 같았던 차디찬 나의 심장은 당신으로 인해 뜨겁게 달
아올랐어요. 날마다 천만 송이 장미가 가슴에서 활짝 피어나
곤 했지요. 당신을 만나는 매 순간 무지무지 행복했어요. 이
제 더는 외롭지도, 고독하지도, 허무하지도 않았어요. 물론
남편은 여전히 하숙생이나 다름없었지요. 자기가 필요할 때
만 집에 들어왔고, 그렇지 않으면 언제나 그랬듯이 외박하기
일쑤였으니까요.

　그럴 무렵, 딸아이는 할머니랑 생활하는 횟수가 잦아지더
니 마침내 할머니랑 정이 듬뿍 들게 되자 아예 할머니랑 함께
살게 되었어요. 나는 오히려 잘된 일이라고 생각했지요. 내가
당신에게만 집중할 수 있었으니까요. 때로는 이런 나의 감정
이 집착인지, 사랑인지 좀 헷갈렸어요. 하지만 진정한 사랑이
라고 믿고 싶었어요. 뒤늦게 찾아온 장밋빛 사랑을 인생의 축
복이라 여기며 삶을 영위하고 싶었으니까요. 그러면서 다소나
마 남편의 마음도 이해할 수 있을 것 같았어요. 어떤 이유에
서인지는 몰라도 아내보다는 또 다른 여자의 관심과 사랑을

원했던 그 마음을요. 내가 당신의 사랑을 그리워하고 갈망하듯 남편도 어느 연인의 사랑이 필요했을 테지요. 그걸 깨닫는 순간 차라리 이혼하는 게 더 낫지 않을까 싶었어요. 하지만 내가 먼저 차마 그 말을 꺼낼 수가 없었어요. 그렇다고 이혼하지 못한 걸 후회한다는 것은 아니에요. 내 곁에는 항상 믿음직한 당신이 있었고, 언제든지 그런 당신과 맘껏 사랑을 나눌 수 있었으니까요.

우리는 주말이면 으레 오붓하게 영화를 관람했고, 분위기 그윽한 카페에서 와인을 마시며 마냥 행복한 시간을 보냈지요. 그럴 즈음 좀처럼 내게 관심조차 없던 남편이 어쩐 일인지 일찍 귀가해 날 기다리고 있었어요. 뭔가 이상한 낌새가 느껴졌지요. 내가 이맛살을 찌푸리며 거실로 들어서자 남편은 팔짱을 낀 채 소파에서 벌떡 일어나더니, 대뜸 시시콜콜 잔소리를 해대더군요. 지금 제정신이야? 한밤중까지 여편네가 어딜 그렇게 싸돌아다니는 거야? 꼭 정신 줄을 놓고 다니는 미친년 꼴이라니까. 민지를 어머니한테 맡겨둔 게 다 이유가 있었던 거야. 대체 어떤 놈팽이와 놀아나는데? 남편은 두 눈을 부릅뜨곤 마치 수사관처럼 날 죄인 취급하며 추궁했어요. 돌변한 남편의 태도를 보자 너무 어처구니가 없었지요. 나는 독이 바짝 오른 살모사처럼 남편을 잔뜩 노려보았어요. 흥, 내가 밖에서 뭘 하며 싸돌아다니던 그게 당신과 무슨 상관인데? 우리 서로의 사생활에 상관하지 않기로 하지 않았어? 근데 왜 새삼스럽게 이러실까? 갑자기 없던 사랑이라도 생겼다는 거야, 뭐야? 내 말에 비위가 뒤틀린 듯 남편은 험악하게 일그러진 표정으로 혼잣말로 중얼거렸어요. 그래그래, 차라리 이럴 바엔 깔끔하게 서류를 정리하는 게 낫겠다, 젠장! 그러곤 휑하니 밖으로 나가버렸어요.

그 후 며칠 동안 남편은 일찍 들어왔어요. 그렇다고 이미 소홀해진 우리 관계가 호전될 리가 없었지요. 남편이 그러거나 말거나 나는 마음대로 행동을 했어요. 마음은 오직 당신에게만 향하고 있었으니까요. 당신과 섹스를 나눌 때마다 매번 오르가슴을 느낄 수 있었고, 섹스에 강한 중독이라도 된 듯 그 욕망에 사로잡혀 있었지요. 그렇게 만나는 횟수가 잦으면 잦아질수록 우리는 정말로 다정한 부부처럼 느껴지기도 했어요. 때때로 마트에서 장을 보고 그것을 주방에서 요리해서 함께 식사할 때면 내가 영락없이 당신의 아내가 된 듯했으니까요.

일 년 하고도 몇 개월이 더 지났을까요. 어느 날, 내가 당신의 오피스텔로 찾아가자 당신은 별안간 근심이 가득한 얼굴로 담배를 태우며 약간 떨리는 목소리로 말했어요. 런던지사로 발령받아 떠나게 되었다고. 청천벽력 같은 말에 하늘이 노랗게 변하면서 현기증이 일어났어요. 커다란 충격을 받은 나

는 잠시 넋을 놓은 채 멍하니 당신만 바라보았지요. 당신은
무릎을 꿇고 앉아 내 손을 꼭 잡았어요. 나는 당신의 가슴에
얼굴을 묻은 채 울부짖었어요. 떠나지 말라고, 제발 날 두고
가지 말라고 애원했어요. 하지만 당신은 회사업무라서 어쩔
수 없다며 날 달랬어요. 아무리 회사 일이라지만 그런 결정을
왜 느닷없이 하게 되었냐고 내가 따져 물었어요. 당신은 애써
내 시선을 피하곤 짤막하게 대답했어요. 이미 인사 발령이
난 상태라서 어쩔 수가 없다고. 내가 당신의 팔을 붙자고는
제발 가지 말라고 아이처럼 생떼를 썼지요. 당신은 어찌할 바
몰라 하며 날 애처롭게 바라보기만 했어요. 정말이지 끔찍한
공포였어요. 당신이 없는 도시에서 홀로 남겨진다는 그 사실
이 말이에요. 눈에는 출렁 눈물이 넘쳐흘렀어요. 그때야 당신
이 내 남자가 아닌 다른 여자의 남편이라는 사실을 직시하게
되었지요. 볼 위로 흘러내리는 눈물은 쉽사리 멈추질 않았어
요. 당신은 어떻게든 나의 슬픔을 달래주려고 애를 썼어요.
비록 몸은 멀리 떠나도 마음은 언제까지나 나와 함께 있다고
말이에요.

　며칠 후, 당신은 부산에서 홀로 살고 계신 어머니가 모처럼
보고 싶다면서 날 데리고 그곳으로 갔어요. 혹시 나중에 아
내가 돌아오지 않겠다고 한다면 당신만이라도 다시 돌아와
어머니를 모시고 살고 싶다고 했어요. 여객선 선장이었던 아

버지가 어느 날 갑자기 심장병으로 돌아간 후 어머니는 국제 시장에서 음식 장사를 했다고. 운이 아주 좋았는지 돈도 많이 벌었다고. 그 덕에 남포동에 있는 건물도 하나 매입하였다고 했어요. 지금은 건물 임대 수수료로 넉넉한 삶을 꾸려가고 있다는 말도 덧붙였지요. 당신이 런던으로 가버리면 불심이 깊은 어머니가 혹여 그 재산 일부를 절에 기부할까 봐 은근히 걱정된다고 했어요. 그러자 내가 언니의 얘기를 들려주었지요. 혼자 사는 여인네들은 그렇게 부처님께 마음을 의지하며 살고 있다고 말이에요.

그날 밤, 해운대에 도착한 우리는 백사장을 걷고 또 걷기만 했어요. 막상 런던으로 떠나게 된 당신께 나는 그다지 할 말이 없었어요. 우리는 근처 술집에서 실컷 술을 마셨어요. 아직 어둠의 끝자락이 남아 있는 이른 아침에야 호텔로 들어와 서로 부둥켜안고 강렬한 섹스에만 집중했어요. 당신의 더운 입김이 귓불을 스쳐 목으로 가슴으로 배꼽을 거쳐 아랫도리로 스칠 때 나는 모든 현실을 망각하고 싶었어요. 문득문득 N 도시 레스토랑에서 보았던 여자의 누드 그림이 눈앞에 어른거렸고, 두 눈을 감으면 사방은 온통 붉은 장미의 꽃잎으로 뒤덮여 있는 환영의 그림자도 보이곤 했어요. 그 장미의 꽃잎으로 꾸며진 화려한 침실에서 사랑의 쾌락을 즐기는 섹스는 인간에게 최상의 행복이었어요. 수많은 환상 속의 꽃잎

들이 하르르 떨어지면서 또 하나의 문이 활짝 열렸어요. 세상은 온통 오색찬란한 물결들이 출렁거렸고, 금가루 같은 눈이 사방으로 흩뿌리고 있었어요. 투명하고 맑은 둥근 호수에는 하늘의 흐름을 그대로 거울처럼 비추고 있었고, 우리는 그 한가운데서 발가벗은 채 원시적이고도 매우 격렬한 춤을 추고 있었어요. 너무도 가슴 벅찬 황홀감이랄까요. 더는 당신을 만날 수 없어서인지 나는 더욱 그 섹스에 몰입했어요. 날이 환하게 밝아오자 당신은 해운대에 있는 어머니 집으로 향했고, 나는 부산역에서 ktx 기차를 타고 서울로 올라왔어요.

그리고 보름 후, 당신은 런던으로 떠나게 되었어요. 서둘러 인천공항 2층 커피숍에 달려가 약속장소에서 당신을 기다렸어요. 당신의 모습은 보이지 않았어요. 시간이 흐르고 또 흘러도 당신은 나타나지 않았지요. 눈물이 핑 돌더군요. 마지막으로 당신의 얼굴을 보고 싶었는데…. 나는 터질 듯이 아파오는 가슴속의 통증을 부여잡고 허공만을 응시했어요. 그러다가 뒤늦게 벌떡 일어나 출국장으로 정신없이 달려갔지요. 그곳에도 당신의 모습은 좀처럼 찾아볼 수 없었어요. 나는 정신없이 허둥대며 수속받고 있는 수많은 사람 틈에서 당신을 찾고 또 찾았어요. 그러나 그 어디에도 당신의 모습은 보이지 않았어요.

커다란 유리창을 통해 아시아나 런던행(A350-900OZ521)

항공기가 이륙할 준비를 끝내고 활주로 끝에 대기하고 있었어요. 눈물이 하염없이 볼을 타고 흘러내렸어요. 얼마 후, 당신을 태운 항공기는 마치 커다란 철새처럼 훨훨 날갯짓하며 저 높은 하늘로 날아가고 있었어요. 나의 시선은 유리창 너머 아주 먼 곳을 응시하며 혼잣말을 하듯 중얼거렸어요.

잘 가요, 내 사랑 안– 녕!

4

호텔 스카이라운지에 들어서자 갑자기 눈앞에 보이는 사물들이 미세하게 움직인다. 잠깐 벽에 등을 기대본다. 긴장한 탓일까. 나는 호흡을 가다듬곤 손으로 가슴을 쓸어내렸다. 7년이란 세월이 흐른 지금 그는 과연 어떤 모습으로 변해 있을까. 이윽고 벽에서 등을 뗀 내가 실내로 들어서자, 그는 무색할 정도로 예전 모습과 별반 다를 바가 없다. 살이 좀 올라 있어서인지 중후한 멋이 풍기는 게 그 자체가 매력을 발산하고 있다. 감색 양복에 하얀 와이셔츠가 유독 눈에 들어온다. 반사적으로 내 옷차림을 훑어본다. 시골 아낙처럼 너무 촌스럽게 느껴진다. 거칠어진 투박한 손도 그렇고, 어깨까지 내려온 파마머리를 드라이한 것도 영 어색하기 짝이 없다.

그 시각, 창밖을 응시하던 그가 고개를 돌려 나를 발견하자 나도 모르게 뺨이 불에 타듯 뜨겁게 달아오른다. 그는 반색하며 자리에서 일어나 손짓 신호를 보낸다. 내가 다가서자 그는 내가 앉을 의자를 꺼내주곤 악수를 청해온다. 얼떨결에 그 손을 잡았다. 따뜻한 촉감이 느껴지자 그리움의 찌꺼기가 가슴에서 파도처럼 넘실넘실한다. 나는 가까스로 그 마음을 진정시키며 그를 바라본다. 그의 양어깨는 호흡에 맞추어 아래위로 살짝 움직이며 어딘지 어색해 보이는 몸짓을 한다.

"그동안 날 많이 원망했을 것이오."

"모두 지난 일인 걸요 뭐. 그 누구의 탓도 아니잖아요. 이제 지난 얘기는 더 이상 꺼내지 마요. 그나저나 내가 이혼한 사실을 어떻게 알았어요? 솔직히 그게 궁금해서 이렇게 달려왔어요."

"사람의 인연이라는 게 참으로 묘했소. 처음 당신을 만난 것도, 또 당신의 전남편을 만난 것도 말이오. 사실, 런던에서 서울로 온 직후 그동안 갖고 있던 주식을 몽땅 처분하려고 예전 거래처인 증권사를 찾아갔소. 그런데 하필이면 그곳에서 그를 만났지 뭐요. 이제 다시는 볼일 없다고 생각했는데 말이오. 그는 인사 발령을 받은 지 두 달째라고 했소. 그러면서 잠시 얘기 좀 나누자며 일층 커피숍으로 날 데리고 갔소. 그때 모든 걸 알게 되었소. 당신에 대해서…. 그는 올겨울에 재혼할 거라고 내게 자랑스럽게 말했소."

"뭐, 뭐라고요? 당신이 어떻게 그 인간을 알아요?"

한순간 그의 환상이 무참히 깨지면서 살을 에는 듯한 통증을 느낀다.

"제발 진정 좀 하시오. 내가 그 진실을 말해줄 테니⋯."

"어서 말해 봐요? 대체 그 진실이라는 게 뭔지?"

그가 한참 동안 뜸을 들이자 조급증이 난 내가 부르르 상체를 떨며 재촉한다.

"빨리 말해 보라니까요. 어서요!"

"아, 알겠소! 그러니까 내가 런던으로 떠나기 두 달 전쯤 일이오. 그때 그를 만난 적이 있었소."

"뭐, 뭐라고요? 어떻게 그런 일이 있을 수 있는 거죠?"

"그는 당신의 소지품에서 내 명함을 찾아 전화한 것이었소. 우리는 명동에 있는 커피전문점에서 만났소. 날 만나자마자 대뜸 당신과 헤어지라고 닦달했소. 그렇지 않으면 불미스러운 두 사람의 관계를 우리 회사 인사부에 고발하겠다고 노골적으로 협박해왔소. 나로서는 어쩔 도리가 없었소. 나만 떠나주면 당신의 가정은 평화롭게 제자리로 돌아올 수 있다고만 생각했소. 그러던 차에 런던지사에 자리가 하나 나왔던 것이었소."

그 말을 듣고 있자니 온몸이 부들부들 떨린다. 두 남자 사이에 내가 완전히 바보 등신이 되어버린 꼴이었다. 그리고 보니 그 인간이 한때나마 내게 관심을 보이던 때가 바로 그 무렵이라는 걸 뒤늦게 알게 되었다.

"어떻게 이런 일이 있을 수 있는 거죠? 당신은 그 인간한테 뭐라 했어요?"

"우리는 친구 관계라고만 했소. 그가 생각하는 불미스러운 관계가 아니라고 아주 딱 잡아뗐소. 그랬더니 푸, 하고 날 비웃었소. 남자는 남자가 더 잘 안다면서 나의 솔직한 자백만을 원했소. 그래도 끝까지 잡아뗐소. 나는 결코 당신을 불행하게 만들고 싶지 않았소."

"그래서 런던으로 떠난 건가요, 날 위해서? 정말 웃기는 일이군요. 그게 당신의 진실이라고요? 그 진실을 지금 내게 믿으라고 하는 건가요? 정말이지 당신에게 크게 실망했어요. 그런 일을 왜 진즉에 말하지 않았나요? 그리고 런던으로 떠나던 날 왜 약속장소에는 나오지 않았던 거죠?"

"어디선가 그가 감시카메라처럼 날 지켜보고 있을 것만 같았소. 불현듯 예전에 취조실에 끌려갔던 사건이 떠올랐소. 그때처럼 누군가의 음모에 걸려들지도 모른다는…, 그리고 당신을 만나지 않고 떠나는 게 최선이라고만 생각했소. 나만 말없이 떠나주면 당신의 가정이 원래대로 되돌아올 줄로만 알았던 것이었소."

"그 인간도, 당신도 모두 다 비열하기는 마찬가지예요."

피가 거꾸로 솟구치고 두 눈이 화끈거린다. 죽일 놈, 비열한 놈, 불한당 같은 놈. 뒤에서 그런 비겁한 짓을 했다니…. 나를 전혀 사랑하지도 않으면서 어떻게 그 짓을 할 수가 있을까. 질투였을까, 아님 훼방이었을까. 저 못 먹는 감 다른 놈한테 주기는 싫었던 것일까. 그런 사실도 모르고 런던으로 떠난 그를 얼마나 원망했던가. 펄펄 끓어오르는 분노를 잠시 누그러뜨린 내가 다시 말을 이어간다.

"당신도 참으로 어지간하군요. 그 사실을 미리 알려주고 떠났어야지요. 그랬으며 그 많은 세월을 허망하게 방황하며 살진 않았을 터인데…. 아무것도 몰랐던 나는 당신한테 버림받았다고만 생각했어요. 그게 얼마나 날 비참하게 만들었는지 몰라요. 아니, 그날 약속장소에 당신이 나타났더라면 아마도 상황은 확 달라졌겠지요. 그토록 당신을 미워하지도 원망하지는 않았을 테니까요."

"난 정말 당신이 그렇게 힘든 삶을 살고 있었는지는 미처 몰랐소. 날 만나는 동안 좀처럼 속내를 드러내지 않아서 그 지경인지를 정녕 몰랐던 거요."

그는 그늘이 잔뜩 드리워진 낯빛으로 창가로 고개를 돌리곤 서서히 밀려드는 어둠의 하늘을 주시한다. 내 시선도 그를 쫓다가 고개를 돌려버린다. 탁자 위에는 조금 전 웨이터가 놓고 간 블랙커피 두 잔이 그대로 있었다. 내가 먼저 식어버린 그 커피를 위장 속으로 쏟아부어 넣곤 재빨리 자리에서 일어나려고 하자 그가 내 팔을 붙잡는다.

"가지 말아요, 이따가 함께 저녁 식사라도 합시다. 내가 당신을 부른 건 꼭 그 말을 하려고 한 것만은 아니었소. 그리고 지금 내 건강이 그리 좋지가 않소. 그 때문에 다시 한국으로 돌아왔소. 아내는 양육비와 위자료만 넉넉히 챙겨주면 언제든지 이혼해준다고 했소. 그렇소. 솔직히 말하면, 우리 부부도 여태까지 쇼윈도부부로 살았던 것이오. 하지만 앞으로 남은 삶을 그처럼 계속 살고 싶진 않았소."

"그건 또 무슨 말인가요? 당신 건강이 좋지가 않다니요?"

"런던에 있는 병원에서 위암이라는 진단을 받았소. 정신이 아찔했소. 내 남은 인생에 대해 진지하게 고민하지 않을 수가 없었소. 물론 의사는 치료만 잘 받으면 완치한다고 했소. 그래서 아예 돌아온 것이오. 수술도 받았소. 다행히 수술은 잘되었소. 늦었지만 지금이라도 내 진심을 당신께 고백하고 싶었소. 그리고… 앞으로 남은 인생을 당신과 이루지 못한 사랑을 나누며 함께 살고 싶소."

순간 숨이 턱 하니 멎는 기분이다. 이게 다 무슨 소리인가. 여태껏 런던에서 연락 한번 하지 않던 사람이 갑자기 나타나 느닷없이 프로포즈를 하다니…. 이혼한 내게 연민이라도 느꼈단 말인가. 그토록 내가 안쓰럽고 불쌍해 보였을까. 나는 설레설레 고개를 내젓는다. 이미 상처로 얼룩진 지난 흔적은 그 무엇으로도 닦아낼 수가 없다. 이유가 어쨌든 우리는 오래전에 이별을 한 인연이다. 끝난 인연을 붙들고 미래의 삶을 꿈꿀 수는 더더욱 없다. 이미 너무 늦어버린 것이다. 이제와 뭘 어쩌라고.

"전 당신의 그 마음을 받아들일 수가 없어요. 이제 더는 당신의 그림자를 끌어안고 살고 싶지도 않고요. 당신은 이미 돌아올 수 없는 강을 건너 버렸어요. 그러니 더는 저한테 미안해할 필요도, 그 어떤 죄책감도 가질 필요가 없어요. 사실 당신이 런던으로 떠난 후, 전 언니를 따라 절집을 다니면서 나름대로 괴로운 마음을 기도로 다잡았어요. 뒤늦게라도 당신이 런던으로 떠나야만 했던 그 이유를 밝혀줘서 정말 고마워요. 우리의 인연도 딱 거기까지였던 거죠."

비로소 나는 남편에게 폭로된 내 일기장이 죄책감이 아닌, 오히려 지난날 나를 꽁꽁 묶고 있던 속박에서 풀려나게 해줬음을 깨달았다. 내가 다시 자리에서 일어나자 그는 날 붙잡지 않았다.

도심의 밤거리는 거대한 네온사인 간판들만이 현란한 빛을 뿜어내고 있다. 무수한 사람들, 빠르게 휙휙 지나가는 버스들, 택시를 기다리는 사람들, 이제 내 시야에 보이는 모든 것들이 어지러워 머리가 아플 지경이다. 이런 혼잡한 세상에서 방금 내게 무슨 일이 벌어졌던가. 그의 고백은 정신을 쏙 빼놓았다. 하지만 그것 또한 잠깐 스치고 지나가는 바람의 흔적일 뿐이다.

나는 사람들에 떠밀리며 가다시피 어디인지를 향해 걸어가고 있다. 지금 어디로 가고 있는 것일까. 그때 사방에서 날 부르는 언니의 목소리가 들려온다. 아니다, 관세음보살께서 부르신다. 언젠가 꿈속에서 깜깜한 동굴에 갇혀 있던 내게 그 커다란 돌문을 활짝 열어주시던 그분. 저기 그분께서 어서 오라고 손짓을 하고 있다. 그 뒤로 언뜻언뜻 물결처럼 일렁이는 스님의 잿빛 도포자락. 고개를 들어 하늘을 올려다본다. 오늘따라 유난히도 보름달이 밝게 비추고 있다.

플로리다에서 온 편지

플로리다에서 온 편지

안녕하세요.

창밖엔 가을비가 추적추적 내리고 있는 미국 플로리다의 새벽입니다.

찻잔을 옆에 두고 이곳에서 어렵게 구입한 한국문예지를 보다가 작가님께 편지를 보내게 되었습니다.

제가 한국에 있을 때 지인분과 작가님의 이름이 같아서 말입니다.

그분도 글을 쓰는 걸 무척이나 좋아했거든요.

작가님이 살고 있는 곳이 제주도라면, 혹시 이곳 KBS 뉴스에서 본 '섬 중의 섬' 바로 그곳이 아닐까 싶습니다.

그 섬이 작가님의 고향이신가요?

아니면 혼잡한 세상살이가 귀찮아 외진 섬을 찾아 글을 쓰시고 계신 건가요?

그도 아니면 아름다운 자연을 벗 삼아 주옥같은 소설을 집필중이신가요?

그리고 작가님의 소설은 몇 편이나 지면에 발표가 되었는지요?

제 이름은 김진이며, 미국명은 필립 김입니다.

이곳에서 사업을 하며 바쁘게 살다가 뒤늦게 고국이 그리워지면서 한국문학에도 많은 관심을 갖게 되었습니다.

PHILLIP KIM

POBOX 775592

OCALA FL35588

*USA*에서 행여나 하여 주소를 남깁니다.

전화번호 미국 *352 *** 3268*

항상 건필하시고 건강과 행운이 함께 하기를 소망합니다.

*

나는 이마에 주름을 모으곤 편지를 몇 번이나 읽고 또 읽어본다. 하지만 편지는 문학에 관심이 있는 독자가 작가에게 막연한 호기심을 느껴 보냈을 뿐 별다른 뜻이 없는 듯하다. 물론 독자가 한국에 있을 때 알고 지내던 분과 아내의 이름이 같다는 게 어쩐지 마음에 좀 걸리기는 하다. 설령 그렇더라도 아내는 독자에게 섣불리 답장을 쓰거나 전화할 사람은 아니다. 근데 이상한 점은 편지를 받아 본 다음 날 아내가 집을 나갔다는 사실이다. 아내의 휴대폰은 여전히 꺼져 있고 몇 번이나 음성 메시지를 남겼음에도 불구하고 지금껏 그 어떤 연락조차도 없다. 이틀째다. 혹시 사고라도 당한 것일까. 아니다. 만약 그랬으면 벌써 무슨 연락이라도 왔어야 한다. 어쩌면 마음이 답답해서 며칠 동안 바람을 쐬려고 집을 나갔을는지도 모른다. 그래서 섣불리 경찰에 가출신고를 할 수도 없다. 아내는 평소 소설을 쓰다가 이야기가 제대로 풀리지 않으면 공허한 시선으로 입버릇처럼 말하곤 하였다. 당분간만이라도 사람들의 눈을 피해 무인도 같은 섬에서 머물고 싶다고 말이다.

이제 더는 가만히 앉아서 기다릴 수가 없어서 오늘은 아내를 찾아볼 요량으로 회사에 연차 휴가를 냈다. 하지만 막상 아내를 찾아보려고 하자 속수무책이다. 우선 무엇을 어떻게 해야 할지 도무지 좋은 방안이 떠오르질 않는다. 한없이 넓은 사막 한가운데서 아내를 찾아 나서는 막막한 기분이랄까. 아내의 사생활에 대해서도 전혀 아는 바가 없다. 밖에서 누굴 만나는지 주변에 어떤 친구들이 있는지 어떤 모임이 있는지조차 모른다. 내가 알고 있는 것이라곤, 고작 아내가 집 근처에 있는 24시 불가마 한증막을 자주 드나든다는 것 뿐. 그 외엔 어떤 정보도 뇌리에 입력된 게 없다. 아내는 소설을 쓰다가 어깨가 쑤시고 허리통증이 심해지면 습관처럼 그곳으로 달려가곤 했으니까.

그날도 불가마 한증막에 있는 줄로만 알았다. 그런데 사위가 어둑어둑해지고 캄캄한 밤이 되었는데도 아내는 돌아오지 않았다. 그제야 한증막에 전화를 걸어 아내가 있는지를 확인했다. 전화를 받은 카운터 직원은 오늘은 채련엄마가 오지 않았다고 했다. 정말이지 귀신이 곡할 노릇이군. 나는 비수를 입에 문 듯 나지막하게 웅얼거리며 수화기를 내려놓았다. 그러고는 부리나케 어머니 집으로 달려갔다. 어머니는 숨을 헐떡이며 들어오는 날 보자마자 대뜸 아내부터 찾았다. 낮에 아이를 맡겨놓곤 왜 여태까지 나타나지 않느냐며 따져 물었다. 내가 얼굴이 벌겋게 상기된 채 우물쭈물하다가 얼결에 아내가 취재하는 일이 늦어져서 그렇다고 에둘러 변명했다. 어머니는 마뜩찮은 얼굴로 참으로 팔자 좋은 여편네라며 투덜거렸다. 그런 어머니에게 앞으로 며칠만 더 딸아이를 돌봐달라고 부탁하자 어머니는 차갑게 쏘아붙였다. 이번 일은 그냥 넘길 수가 없구나! 채련어미 돌아오면 내가 좀 봐야겠다고 전해라!

다시 독자의 편지를 읽어본다. 하지만 아무리 읽고 또 읽어봐도 아내가 집을 나갈만한 그 어떤 단서가 될 만한 것이라곤 찾을 수가 없다. 나는 신경질적으로 편지를 아무렇게나 접어 바지 주머니 속에 찔러 넣곤, 담배를 한 대 뽑아 불을 붙인 후, 성큼성큼 아내의 방으로 향한다. 굳게 닫힌 방문을 열자 방 안을 덮고 있는 음습한 기운이 훅 얼굴에 끼친다. 순간 깨알 같은 소름이 전율처럼 온몸을 스치고 지나간다. 마치 아내가 쳐놓은 덫에 내가 걸려든 섬뜩함이랄까. 그 어딘가에서 아내가 유령처럼 쭈뼛거리며 날 지켜보고 있을 것만 같다. 아내는 방 안으로 스며드는 햇볕이 싫었는지 창문을 온통 칙칙하고 어두운 밤색 암막커튼으로 가려버렸다. 나는 필터를 깊숙이 빨아들이곤 커튼으로 바짝 다가가 한꺼번에 연기를 훅 내뱉는다. 천으로 스며든 희뿌연 담배 연기가 금세 흔적도 없이 사라진다. 그렇다면 아내가 이처럼 육체이탈이라도 했단 말인가. 절로 깊은 한숨이 나온다.

책상 위에는 낡은 컴퓨터가 놓여 있다. 그 옆으로 알전구가 끼워진 스탠드가 있고 그 주변에는 메모지들이 어지럽게 널려 있다. 이런 걸 보면 아내는 집을 나간 게 아니라 잠시 외출을 한 게 분명하다. 만약 집을 나갈 작정이었다면 소지품부터 깔끔히 정리했으리라. 나는 책상 의자에 앉아 팔을 뻗어 스탠드 스위치를 켜본다.

아내는 밤마다 이 등을 켜놓고 컴퓨터 자판을 두들겨댔다. 때때로 그 잡음이 심하여 짜증이 나기도 했다. 어느 날, 나는 깊은 잠에 빠져들지 못하자 제발 그 짓을 좀 그만둘 수 없느냐고 아내에게 화를 냈다. 아내는 최신형노트북을 사달라고 했다. 안방 침대와 자기 방 책상이 서로 벽을 바라보고 있어서 그렇다고. 방의 구조상 책상을 옮길 수 없으니 자기가 노트북을 사용하면 문제는 간단하게 해결될 것이라고. 나는 콧방귀를 뀌고 입꼬리를 비틀어 올리며 냉소를 지었다. 그럴 마음이 전혀 없다고 했다. 사실 아내의 소설은 영 재미가 없었다. 기발한 아이디어도 참신한 소재도 아닌 단조롭고 밋밋한 이야기만 줄줄 늘어놓으니 어느 독자가 좋아하겠는가. 그런데도 아내는 소설 쓰기의 도전을 결코 포기할 줄을 몰랐다.

아내가 없는 방은 더없이 고요하다. 아까부터 적요한 공간을 깨뜨리는 건 벽에 걸린 시계의 째깍째깍, 초침 소리뿐. 점점 불안과 초조감에 사로잡히자 나는 어쩔 줄 몰라 하며 책상 의자에서 일어났다 앉기를 반복해본다. 대체 아내는 어디로 갔을까. 바로 그때 머릿속에서 아내가 쓰다가 만 장편소설이 떠오른다. 그 줄거리가 마치 아내의 일상처럼 느껴져서 관심을 가지고 읽어보았다. 소설의 첫 배경이 아내가 자주 드나드는 불가마 한증막이라서 그런지도 모른다. 그곳에서 주인공 두 사람이 만나면서 이야기가 시작된다. 그들은 과거 연인 관계다. 남자의 집안은 엄청난 부자고, 여자 집안은 평범하기에 남자의 엄마가 그토록 결혼을 반대한다. 그들은 결국 헤어졌고 나중에 여자는 다른 남자와 결혼을 한다. 남자는 아버지 사업을 이어받아 사업가로 성공했다. 하지만 여전히 독신으로 살고 있다. 그런 두 사람이 우연히 불가마 한증막 휴게실에서 만난 것이다. 그러면서 다시금 사랑의 밀회가 시작된다. 그 무렵 여자의 남편은 사내 여직원과 스캔들을 일으킨다. 소설의 줄거리는 딱 거기에서 멈췄다. 작가는 실제 자기가 경험한 이야기를 소설로 쓸 수도 있지 않은가. 그렇다면 소설 속의 남자는 누구일까. 아내의 첫사랑인 그 사람은 이미 죽지 않았던가. 소설 속의 아내의 남편이라는 작자 또한 마치 날 지칭하고 있는 것처럼 느껴져 기분이 영 개운치가 않았다. 분명 다음 줄거리를 찾아 읽어보면 흩어진 퍼즐의 짝을 맞추듯 아내의 가출 원인도 알아낼 수 있으리라. 나는 피우던 담배꽁초를 재빨리 짓이겨 끄곤 컴퓨터 전원을 켜본다.

모니터 화면에 '서지혜'라는 이름이 하나씩, 하나씩 천천히 떠오른다. 활자 크기와 모양도 제각각이다. 그것들은 마치 혼란과 무질서하게 모니터 곳곳을 둥둥 떠다닌다. 잡으려고 하면 도망가고 가만히 있으면 또다시 화면 중앙으로 모이는 기이한 캘리그라피 글씨체. 어쩐지 그 글자 하나하나가 아내의 퀭한 눈, 오뚝한 코, 도톰한 입술처럼 느껴진다. 마치 날 비웃고 있는 듯한, 아니 풀지 못할 암호의 기호처럼 보이기도 한다. 나는 턱을 손등으로 받치곤 컴퓨터 자판을 내려다본다.

어젯밤, 아내의 방에서 컴퓨터 자판을 두들겨대는 소리가 들려왔다. 혹시 아내가 슬그머니 자기 방으로 들어온 것은 아닐까. 나는 얼른 퉁겨 오르듯이 침대에서 일어나 아내의 방문을 열어보았다. 아내는 없었다. 퀴퀴한 냄새와 싸늘한 공기만이 코끝으로 왈칵 스며들 뿐. 그만 넋을 잃은 채 휑한 방 안에 우두커니 서 있었다. 자판을 두들겨대는 환청의 소리는 점점 크게 들려왔다. 그 소리는 마침내 아내의 절규로 변했다. 여보, 날 좀 구해줘! 제발 구해줘! 아내는 소설을 쓸 때면 자기가 만들어낸 인물들이 늘 그림자처럼 따라다닌다고 했다. 그래서 작품을 끝까지 마무리 짓지 못하면 그 허구의 인물들에게 끌려다녀 몹시 마음이 고통스럽다고. 나는 버럭 역정을 냈다. 그렇게 힘들어하면서까지 왜 굳이 소설을 쓰려고 해? 당장 때려치워!

한글파일을 열어보았지만 내가 읽어본 소설의 파일은 그 어디에도 찾을 수가 없다. 대신 낯선 문구 하나가 시선을 강하게 잡아끈다. 〈만일 당신에게 죽음이 찾아온다면 당신은 어떻게 하겠습니까?〉 잠시 멈칫한다. 이 문구는 아내가 집을 나가기 며칠 전에 내게 던진 질문이지 않은가. 그날 뜬금없는 아내의 질문에 내가 눈썹을 곤두세우며 제발 엉뚱한 소리 좀 그만하라고 쏘아붙였다. 아내는 심각한 표정으로 침울하게 말했다. 인간은 언젠가 모두 죽잖아! 당신도 나도 말이야! 난 죽음이 두렵고 무서워. 어쩌면 그걸 극복하려고 글을 쓰고 있는지도 몰라. 뭔가 쓰는 동안은 그것에서 벗어날 수가 있거든. 솔직히 말하면 서서히 죽음을 준비하고 있는지도 몰라. 내 안의 것을 하나씩, 하나씩 비우다 보면 종국엔 알맹이는 없고 빈껍데기만 남을 테고 그럼 나 또한 자연으로 돌아가겠지. 그러고 보면 인간의 생명은 참으로 아름다우면서도 너무 슬프지 뭐야! 통 말이 없던 아내가 그날 그렇게 자기 속내를 드러냈다. 나는 괜스레 미안해졌다. 그동안 아내를 핀잔줬던 건 아내가 안쓰러웠기 때문이다. 맨 날 글을 써봐야 그것들은 빛 한번 제대로 받아보지 못했으니까. 그저 어둠을 파먹고 사는 두더지처럼 어둠침침한 공간에 갇혀 글에 집중해봐야 그 원고들은 끝내 쓰레기더미에 버려질 것이라고 여겼기에 일찌감치 포기하라는 뜻에서 더 구박했는지도 모른다. 근데 이번에는 불륜의 장편소설을 쓰고 있다. 그런 아내의 몸과 마음이 불가분의 함수관계로 느껴진다. 죽음의 문제를 운운하던 아내가 밖에서 양머리를 걸어놓고 안에서는 개고기를 파는 양두구육(羊頭狗肉)과 다름없는 존재처럼.

컴퓨터를 끄고는 아내의 방에서 나오려다가 말고 잠깐 발걸음을 멈춘다. 독자의 편지를 읽으면서 인생이 참 아이러니컬하다는 아내의 중얼거리던 말이 퍼뜩 떠오른 것이다. 다시금 편지를 꺼내본다. 그날 퀭한 눈으로 편지를 읽던 아내는 어딘지 모르게 매우 불안정해 보였다. 그 때문에 편지에 분명 그 연관성이 있을 성싶다는 미련을 버릴 수가 없다. 하지만 편지에는 그 어디에도 그럴만한 단서는 찾아볼 수가 없다. 머리가 홱 돌아버릴 지경이다. 삼 일 후면 회사에서 인사발령과 더불어 승진 소식도 있는 아주 중요한 날이다. 이 판국에 가출하다니…. 만약 집안 문제가 회사에 알려지기라도 한다면 내 입장이 여간 곤란해지는 게 아니다.

아내의 책장 맞은편 벽 쪽으로 문학의 거장들의 인물사진이 나란히 걸려 있다. 루소, 카뮈, 칸트, 스탕달, 장폴 사르트르, 카프카. 그들은 주인이 없는 방을 마치 충직한 파수꾼처럼 지키고 있다. 나는 무언가 부정하고 싶은 눈길로 그 거장들의 사진을 가만히 응시한다. 아내는 밤마다 저 사진 속의 정령들과 묵시적인 대화를 나누었으리라. 자신의 글쓰기가 한계에 걸려 넘어질 때마다 저들의 정령이 내면으로 깊이 스며들기를 간절히 원했으리라. 그들에게 묻고 싶다. 이보시오, 위대한 문학의 거장들이여! 당신들은 아마도 내 아내가 어디에 있는지 알고 있을 거요. 지금 내 아내는 어디에 있소?

*

　나는 고립무원의 궁지에 빠져 있다. 나의 소중한 공간도 한순간에 허망하게 허물어지고 말았다. 그토록 찾아 헤매던 인생의 오아시스이던 소설 쓰기는 이제 한낱 물거품이 되고 만 것이다. 이틀 동안 소용돌이치는 세상 한가운데서 불가사의 한 빛을 찾아 이곳저곳을 헤매고 다녔지만 내가 찾는 생명의 빛은 좀처럼 찾을 수가 없었다.

　혼잡한 거리마다 사람들로 북적거린다. 내가 암이라니… 처음엔 의사의 말을 믿을 수가 없었다. 그것을 인정하기까지 이틀이라는 시간이 걸렸다. 그리고 그것을 받아들이는 순간부터 내 눈에 보이는 모든 생명체가 그토록 소중하고 아름답게 보일 수가 없다. 생명이 숨을 쉬는 거리에 엎드려 입이라도 맞춰보고 싶은 심정이랄까.

　한동안 혜화동 거리를 뱅글뱅글 맴돌다가 마로니에 공원으로 가본다. 근처엔 버스킹 공연이 한창 열리고 있다. 맞은편 야외무대에는 젊은이들로 가득 차 있다. 그들을 지켜보고 있자니 내가 마치 세상에 떠도는 집시라도 된 기분이다. 젊음의 생기로 가득 넘쳐나는 주변을 어슬렁거리다 보니 나도 그 흥에 겨워 춤을 추고 싶어진다. 내부에서 꿈틀거리는 모든 욕망의 찌꺼기를 지상에 부려놓고 싶은 간절함 때문일까. 아니면 살고 싶다는 강한 삶의 욕구 때문일까.

그 시각 저만치에서 네 살쯤 되어 보이는 노란색 원피스를 입은 아이가 여린 꽃대처럼 간당간당 몸을 흔들며 걸어오고 있다. 아이는 잠시 발길을 멈추더니 손아귀에 쥔 걸 바닥에 확 뿌린다. 그러자 비둘기들이 와르르 몰려들어 먹이를 쪼아 먹는다. 아이는 활짝 웃으며 신나게 손뼉을 치고 있다. 아이의 아빠로 보이는 남자는 부산스럽게 카메라 셔터를 눌러대며 아이의 모습을 담아낸다. 찰칵찰칵. 남자가 빠르게 셔터를 누를 때마다 나의 모든 신경이 도드라진다. 나는 미간을 잔뜩 찌푸리며 카메라 렌즈의 측면을 바라본다. 며칠 전, MRI촬영할 때도, CT촬영할 때도 이처럼 신경이 민감하게 도드라졌다. 특히 MRI촬영을 할 때 그게 마치 죽음의 관처럼 느껴지기도 했다. 한번 들어가면 영영 빠져나올 수 없을 것만 같은 죽음의 감옥. 그때 불쑥 〈만약 당신에게 죽음이 찾아온다면 당신은 어떻게 하겠습니까?〉 라는 물음이 뇌리에 스치고 지나갔다. 그건 사실 내가 쓰고 있는 장편소설의 주제이기도 하다. 등장인물 두 사람이 다시 만나 사랑을 하고 가장 행복할 때 불행이 찾아오는 죽음의 메시지가 그 안에 담겨 있기 때문이다. 사랑과 인생과 죽음이 무엇인지를 독자와 함께 소통하고 공유하고 싶었는데 끝내 그 생명의 빛을 찾을 수가 없게 되었다.

나의 첫사랑인 K는 미국 플로리다에서 뇌종양으로 세상을 떠났다. 그곳 병원에서 수술을 받았지만 끝내 회복하지 못하고 숨을 거두었다. 그 소식을 뒤늦게 그의 어머니로부터 전해 들었을 때 그만 푹 쓰러지고 말았다. 나중에 겨우 정신을 차렸을 때 머릿속은 온통 죽음만이 도사렸다. 그 무렵 지금의 남편이 나를 꽉 잡아주었다. 그 덕분에 가까스로 죽음의 위기에서 벗어날 수 있었다. 그는 세상을 떠난 분을 더는 붙잡지 말고 홀가분하게 보내주라고 말하면서 내게 온갖 정성을 쏟았다. 그리고 일 년이 지나자 그는 청혼을 해왔고, 나는 어떤 망설임도 없이 그 청혼을 받아들였다. 그러나 결혼하고 난 후에도 어쩐 일인지 마음은 늘 공허하기만 했다. 그래서 소설을 쓰게 되었는지도 모른다. 다행히도 글쓰기에 집중하면서부터 우울하고 공허했던 마음이 차츰 좋아졌다. 창작의 세계에 몰두하다 보면 나름대로 삶의 가치를 느낄 수가 있고 보람도 있었다. 언젠가는 반드시 K와의 이루지 못한 사랑을 장편소설로 써보고 싶은 욕심도 생겨났다. 그런데 느닷없이 몹쓸병에 걸리고 말았다.

그날 감기몸살이 심해 병원을 찾았던 나는 내친김에 미루었던 암 검사까지 받았다. 그리고 며칠 후, 내가 플로리다에서 보낸 독자의 편지를 읽고 있을 때 문자메시지 한 통이 날아왔다. 병원을 재방문해달라는 내용이었다. 불길한 예감이 스쳤다. 다음날 서둘러 병원으로 달려갔다. 의사는 청천벽력 과도 같은 말을 했다. 빨리 손을 써야겠습니다. 자궁경부암입 니다. 의사는 심각한 표정으로 소견서를 써주었다. 도무지 정 신을 차릴 수가 없었다. 머릿속에선 커다란 회오리바람이 끊 임없이 휘몰아치고 있었다. 가까스로 정신을 차리고 병원을 나오자 그제야 남편의 얼굴이 떠올랐다. 휴대폰을 만지작거 리던 나는 그냥 곧장 의사가 써준 소견서를 갖고 택시를 잡 아타곤 공항으로 달려갔다. 며칠만이라도 나만의 시간을 갖 고 싶었다. 처음엔 K의 정령이 내게 달라붙어 날 죽음으로 몰아넣을지도 모른다는 무시무시한 공포에 사로잡히기도 하 였다. 하필이면 K와의 추억을 더듬으며 소설을 쓰고 있을 때 이런 날벼락이 떨어졌기에 말이다.

잠시 후, 아이는 아빠의 손을 잡고 공원을 빠져나간다. 이 곳저곳을 둘러보던 나는 저쪽 공중전화부스 쪽으로 걸어간 다. 문득 편지를 보낸 독자의 이름이 떠오른 것이다. 전화를 걸어 저, 혹시 김진 씨가 아니라, 김태진 씨 아닌가요? 하고 물어보고 싶은 강한 충동. '김진'이라는 이름 가운데 '태'자만 끼워놓으면 영락없이 K의 이름이다. 나는 물끄러미 전화부스 를 바라보기만 한다. 지금쯤 남편은 날 애타게 찾고 있으리 라. 그런데도 나는 남편에게 전화하고 싶지가 않아진다. 이대 로 혼자 있고 싶을 따름이다.

보도블럭 위에는 낙엽이 어지럽게 나뒹굴고 있다. 그것조차 내 육신에서 떨어져 나간 살점처럼 느껴진다. 나는 무작정 도심의 거리를 걷고 또 걷는다. 흐릿한 하늘에서 실같이 가는 빗줄기가 내린다. 빗줄기는 금세 굵어지고 나는 비를 온몸으로 맞으며 실성한 사람처럼 걷고 또 걷는다. 상가건물 유리창에 비친 초라한 몰골은 이미 내가 아니다. 헝클어진 앞머리가 힘이 풀린 채 눈두덩으로 흘러내리고 있다. 내가 남편에게 전화할 수 없는 건 아마도 그 여자 때문인지도 모른다. 언젠가 남편의 회사 근처 카페의 출입문을 열고 들어섰는데 남편 앞에 낯선 여자가 앉아 있었다. 두 사람이 다정하게 와인을 마시고 있는 모습을 발견하자 나도 모르게 도망치다시피 카페에서 나와 버렸다. 그날 이후 남편의 존재가 아주 먼 타인처럼 느껴졌다. 그게 내가 먼저 남편을 멀리하게 된 계기였다. 그동안 내게 불만이 많이 쌓여 있던 남편은 마침내 그 감정이 폭발하면서 노골적으로 날 무시하기 시작했다. 어휴, 제발 쓰지도 못하는 소설 붙잡고 끙끙대지 말고 살림이나 제대로 해봐! 남편이 그러면 그럴수록 오기가 더 발동하여 소설 쓰기에만 매달렸다.

그런 내게 자궁경부암이라는 병마가 찾아왔다. 어쩌면 죽을 수도 있다는 불길한 예감이 들자 돌연, K와 함께 보냈던 추억의 거리가 그리워졌다. 함께 전시를 관람하고 영화도 보고 연극을 보았던 그 활기찬 거리에서 나누었던 지난 사랑의 대화들. 우리의 사랑이 잘 익은 붉은 홍시처럼 무르익어갈 무렵 K는 갑자기 어둠이 짙게 드리워진 얼굴로 말했다. 부모님과 함께 이민을 떠나게 되었다고. 너무도 갑작스러운 말에 놀랐다. 왜? 오빠는 안 간다고 했잖아! 근데 왜 지금 와서 생각이 바뀐 건데? 그는 침통한 표정으로 말했다. 아무래도 공부를 더 해야 할 것 같아서 말이야. 공부가 끝나면 반드시 돌아올 거야. 그때까지만 잘 참고 기다려 줘! 나는 제발 가지 말라고 애원했다. 하지만 그는 부모님을 따라 플로리다로 떠났다. 나는 그가 돌아올 날만 기다리며 두 해 동안 카페를 운영하고 있었다.

지난 추억들이 머릿속을 스치고 지나가자 콧등이 시큰해진다. 나 또한 수술을 받다가 K처럼 회복하지 못하고 죽을 수도 있다. 쏟아지던 빗줄기가 멈추자 다시 날씨가 화창해진다. 내가 고개를 들고 하늘을 바라보고 있을 때 등 뒤에서 인기척 소리가 들린다. 반사적으로 고개를 돌리자 종일 거리에서 헤맸을 노인의 암울한 시선이 나를 뚫어지게 쳐다보고 있다. 지금의 내 처지가 저 노인과 뭐가 다를까. 그 순간 쌓인 피로가 한꺼번에 몰려오면서 눈앞이 흐릿해진다. 머릿속에선 윙하는 소리까지 들려온다. 잠시 건물 벽에 등을 기댄 채 천천히 두 눈을 감았다 떠본다.

갑자기 기이한 현상들이 눈앞에서 펼쳐진다. 방금 보았던 사람들과 사물들이 삽시간에 사라진 것이다. 빌딩도, 자동차도, 거리의 사람들조차도 모두 감쪽같이 사라지고 없다. 세상은 온통 깎아지른 절벽과 암벽만이 병풍처럼 사방으로 둘러쳐져 있을 뿐. 나무 한 그루, 풀 한 포기 없는 아주 낯설고 황폐한 곳이 대체 어디란 말인가. 나는 크게 당황해하며 사방을 두리번거리다가 저기 끝이 보이지 않는 암벽의 길을 따라 걸어간다. 일순 그 좁은 길마저 순식간에 사라지고 만다. 그 자리엔 투명한 얼음다리 하나가 유령처럼 불쑥 나타난다. 다리는 폭이 좁고 길이는 그다지 길지가 않다. 등줄기로 서늘한 냉기가 흘러내린다. 다리를 건너다가 몸의 중심이라도 흔들리게 되면 내 몸은 사정없이 가파른 벼랑으로 떨어지게 된다. 공포와 두려움에 벌벌 떨고 있는 내게 형체 없는 신의 전달자가 강한 메시지를 보내온다. 다리를 건너야만 비로소 인간 세상으로 나갈 수 있다고. 선택의 여지가 없다. 나는 아슬아슬한 줄을 타는 곡예사처럼 한 발 한 발 조심스럽게 발을 내디디며 다리를 건너본다. 발바닥이 너무 차가워 금방이라도 주저앉아버릴 것만 같다. 그때 딸아이가 엄마, 하고 내 허리를 꽉 붙잡는다. 몸이 엿가락처럼 휘청거린다. 등 뒤에 달라붙은 딸아이가 무섭다고 울먹인다. 간신히 몸의 중심을 잡은 나는 애써 놀란 가슴을 가라앉히곤 침착하게 말한다. 아가야, 아래를 내려다보지 마! 앞만 보고 걸어가야만 해! 그러자 딸아이의 따뜻한 체온이 내 등으로 깊숙이 파고든다. 이제 두 개의 발이 아닌, 네 개의 발로 아슬아슬한 묘기를 부리듯 다리를 건너고 있다. 겨우 다리를 다 건너자 참았던 숨을 훅 내쉰다. 그때 사방에서 사람들의 웅성거리는 소리가 들려온다.

번쩍 눈을 뜬다. 하지만 그 어디에도 채련이의 모습은 보이지 않는다. 맞은편 119구급대원들은 쓰러진 사람을 구급차에 옮기고 있다. 어리둥절해진 내가 주위를 둘러보고 있을 때 노인은 내 옆구리를 쿡쿡 찌르며 천 원만 달라고 손을 내밀고 있다. 얼떨결에 지갑에서 만 원짜리 지폐 한 장을 꺼내 노인의 손에 건네주자 노인은 이게 웬 횡재냐는 표정으로 돌아선다. 일시에 내부의 모든 것이 밖으로 쑥 빠져나가고 껍데기만 흐물흐물 남아 있는 듯하다. 방금 비몽사몽간에 스치고 지나간 곳이 대체 어디일까. 혹시 그곳이 죽음의 세계는 아닐까.

*

양주 반 병을 비웠을 무렵 휴대폰이 울린다. 아내다. 얼음을 깨문 듯 취기가 확 달아난다. 금세라도 내 입에서 험한 욕설이 마구 뛰어나올 것만 같다. 나쁜 년… 참을 수 없는 분노가 가슴을 치닫고 올라온다. 전화를 받자마자 아내는 대뜸, 내일 오전에 병원에 입원해! 보호자가 있어야 한대! 그래서… 전화했어. 아내는 그동안의 일을 말한다. 그 순간 내부에서 들끓어대던 분노가 한순간에 사그라지고 만다. 이틀 만에 걸려온 아내의 전화가 그만 날 캄캄한 어둠 속으로 내동댕이치고 만 것이다. 아내는 입원하기 전까지는 혼자 있고 싶다고 한다. 나는 내일 일찍 비행기를 타고 서울병원으로 갈 테니 그곳에서 만나자고 말하곤 힘없이 전화를 끊었다.

거실 탁자 위에는 조금 전 아내의 책상 서랍에서 갖고 온 물건들이 여기저기 흩어져 있다. 방금까지만 해도 아내가 다른 남자와 함께 있는 줄로만 알고 있었다. 전국 호텔 안내서와 플레이보이 잡지, 영화, 연극, 음악회 티켓 등이 아내의 책상 서랍에서 발견되었기 때문이다. 강릉에 갔다 온 메모도 나왔고, 주문진과 양양과 속초를 비롯해 설악산 '흔들바위'까지 다녀온 흔적도 고스란히 남아 있었다. 그리고 '더 켄싱턴 스타호텔 501호'에서 하룻밤을 묵었던 메모의 날짜를 살펴보니 작년에 내가 일주일간 일본 출장 중일 때였다. 그 때문에 필시 아내에게 내연남이 있을 것이라는 확신이 있었다. 그런데 별안간 암이라니…. 비틀거리며 베란다로 나온다. 검푸른 어둠을 뚫고 낮빛이 백지장같이 창백해진 아내가 내게 달려오고 있다. 나는 고통의 신음을 씹으며 베란다 시멘트벽에 몇 번이고 머리를 쾅쾅 부딪쳐본다.

조지 윈스턴의 Thanks giving이란 피아노곡이 흐르던 해바라기 카페. 바텐이 있는 벽 쪽에 지휘자 카라얀의 사진이 걸려 있었다. 다섯 개의 테이블이 놓여 있는 한쪽 구석에는 지하로 내려가는 비밀통로도 있었다. 사각 뚜껑을 열고 계단으로 내려가면 아늑하고 아담한 또 하나의 공간이 나왔다. 물론 손님들은 그곳에 지하 공간이 있는지 전혀 몰랐다.

내가 처음 그 카페를 가게 된 것은 회사에서 계장한테 무슨 업무를 이따위로 하냐고 핀잔을 듣게 되면서였다. 매사 과도한 업무로 인해 스트레스가 왕창 쌓였던 터라 그날 퇴근하자 회사 근처 카페들이 밀집해 있는 뒷골목으로 갔다. '해바라기' 카페의 네온 불빛이 유독 눈에 띄었다. 고흐의 해바라기 그림이 떠올라서일까. 그 앞에서 서성거리다가 둔탁한 출입문 문을 열고 안으로 들어갔다. 여자는 날 보자마자 말없이 고개를 돌렸다. 사람이 들어오면 반갑게 활짝 웃으며 손님을 맞이해야 할 여자의 행동이 마치 날 무시하는 것처럼 느껴져 기분이 확 상하면서 부아까지 치밀어 올라왔다. 여자는 내 기분과는 상관없이 바텐에 앉아 몽환적인 시선으로 허공만 볼 뿐. 나는 성큼성큼 걸어가 바텐으로 가 앉았다. 이목구비가 또렷한 여자의 치렁치렁한 긴 생머리가 허리를 감싸고 있어서인지 아주 매력적으로 보였다. 그 묘한 분위기에 사로잡히자 서운함이 싹 가시면서 심장이 쿵쾅거렸다. 일단은 술과 안주를 주문해 놓고 여자에게 말을 붙여 보았다. 카페 이름이 왜 '해바라기'냐고. 여자는 쓸쓸히 웃을 뿐 아무런 대답도 하지 않았다.

그 후부터 묘한 여자의 매력에 이끌려 퇴근만 하면 자주 카페에 가게 되었다. 그러다 보니 자연스럽게 회사에서 일어났던 잡다한 이야기를 마치 신부님께 고해성사라도 하듯 모두 털어놓게 되었다. 여자도 내가 싫지는 않은 듯 보였다. 간혹 술값을 절반만 받기도 했고, 때로는 공짜로 술도 내오기도 했으니까.

그런 어느 날, 여자가 뜬금없이 한하운 시인의 '파랑새'란 시를 읊었다. 자기는 죽으면 파랑새가 되고 싶다면서. 그 이유를 물어도 살짝 미소만 지을 뿐 별다른 말이 없었다. 그래서인지 시간이 흐르면 흐를수록 여자에 대한 궁금증은 더해가기만 했다. 하루는 내가 카페 분위기가 마치 작은 음악회의 무대 같다고 말하자 여자는 의외로 고개를 내저었다. 아뇨. 죽음보다 더 깊은 동굴인걸요. 도무지 그 말의 의미를 알아들을 수 없었다. 시간이 좀 더 흐른 뒤에야 그 의미를 알게 되었다. 그러니까 여자에게는 기다리는 남자가 있었다. 그 남자가 카페에 나타나기만을 여자는 손꼽아 기다렸다. 나는 쿵

하고 마음이 무너져 내려앉았다. 내가 아무리 정성을 쏟아도 좀처럼 넘어올 여자가 아니었다.

나는 모든 걸 체념하고 한 달 동안 해외 장기출장을 다녀왔다. 하지만 여자의 안부가 궁금해지자 다시 카페를 찾았다. 그때 여자는 피골이 상접한 얼굴로 나를 반겼다.

"오랜만이네요! 다신 만나지 못하는 줄 알았는데."

"그동안 해외 출장을 다녀왔어요."

"그랬군요. 전 아예 발길을 끊은 줄 알았어요. 하도 나타나지 않아서요."

"근데 가게가 왜 이렇게 썰렁하죠?"

"아아, 오늘이 마지막 장사라서 그래요."

"왜요? 무슨 일이 있었던 겁니까?"

"이제 제가 카페에 앉아 있어야 할 이유가 없어져서요."

그러면서 여자는 가게 문을 안으로 걸어 잠그곤 날 카페의 지하 공간으로 데리고 갔다.

"언젠가 그 사람이 돌아오면 이곳으로 초대하려고 만들어 놓은 특별한 공간이에요."

갑자기 어리둥절해진 나는 주위를 둘러보았다. 화려한 꽃과 어우러진 자연의 경관이 그려진 병풍이 사방으로 둘러쳐져 있었다. 가운데는 값나가게 보이는 고급 탁자와 소파도 놓여 있었다. 내가 여자의 권유로 소파에 앉자 여자는 술과 안주를 내왔다.

"그 사람이 죽었다고 하네요! 보름 전에요. 뇌종양이래요. 뇌수술을 받고 끝내 회복하지 못했대요. 며칠 전 그 사람 엄마한테서 전화가 왔었어요. 저는 그 사람이 그렇게 아파하는 줄도 모르고 얼마나 원망했는지 몰라요."

여자는 천천히 술잔을 기울이며 그와의 지난 사연을 들려주었다.

"대학생이던 그가 선교활동 때문에 한동안 우리 집 별채에 머문 적이 있어요. 당시 여고 2학년이던 내가 그를 오빠처럼 따랐고 그 인연으로 교회에도 나가게 되었어요. 그렇게 만나면서 우리는 조금씩 사랑을 예쁘게 키웠고 나중에는 미래까지도 약속하게 되었지요. 그런 사람이 어떻게 세상을 떠날 수 있느냐고요!"

여자는 그 죽음을 인정할 수가 없다며 하염없이 흐느꼈다. 나는 양복바지 뒷주머니에서 손수건을 꺼내 여자의 손에 건넸다. 여자는 줄줄 흐르는 눈물을 닦아내며 다시 말했다.

"직장을 다니고 있던 그 사람이 부모님과 함께 이민을 떠난 건 공부를 더 하려고 한 게 아니라 건강이 좋지가 않아서 어쩔 수 없이 따라간 거래요."

여자는 그동안 그에게 좀 더 잘해주지 못한 걸 몹시 후회한다면서 울고 또 울었다. 만취가 된 여자는 거의 제정신이 아니었다.

그 후 우리는 자주 만나게 되었다. 여자는 여전히 슬픔에서 헤어나지 못한 채 깊은 우울증을 앓고 있었다. 나는 여자의 보호자가 되어 곁에서 살뜰히 보살펴주었다. 혼자 두면 무슨 일이라도 저지를 사람처럼 보였기 때문이다. 다행히도 시간이 지나자 여자의 마음은 많이 호전되었다. 그 무렵 설상가상으로 시골에 계신 여자의 어머니마저 췌장암 말기로 세상을 뜨자 여자는 그 커다란 슬픔을 온전히 내게 의지하게 되었다. 그렇게 서로의 관계가 더욱 깊어질 즈음 제주도에 있는 지사로 발령받았다. 나는 여자만 남겨두고 떠날 수가 없어 마음의 결정을 하게 되었다. 여자의 생일날 백송이 장미를 내밀면서 청혼했다. 지혜 씨, 부디 저와 결혼해 주십시오!

결혼만 하면 인생이 마냥 즐겁고 행복할 것만 같았다. 하지만 아내는 나날이 말수가 적었고, 늘 혼자 지내는 걸 좋아했다. 점점 세월이 흐르고 흐르다 보니 그런 아내를 지켜보는 게 때로는 숨이 막혀오기도 했다. 권태기에 접어들었는지 다투는 횟수도 잦아졌다. 그 무렵부터 아내는 본격적으로 소설을 쓰기 시작했다.

돌이켜 생각해 보면 고향인 제주로 내려온 후부터 회사 일이 바쁘다는 핑계로 아내에게 그다지 신경을 쓰지 않았던 것도 사실이다. 어디 그뿐인가. 무명작가라고 무시했고, 아내가 그토록 갖고 싶다는 노트북도 절대 사주지 않았다. 결혼만 하면 행복하게 해주겠다고 약속하고선 전혀 그 약속을 지키지 않았다. 그래도 아내는 그다지 불만을 드러내지 않았다. 조용한 성품 탓인지 그저 자기 세계에만 갇혀 죽은 듯이 살아왔을 뿐. 그런 아내가 암이라니⋯. 지난날 나의 행동을 몹시 후회하면서 거실로 들어온 나는 힘없이 소파에 털썩 주저앉는다.

＊

핀셋으로 오른쪽 아랫배에서 실뱀을 하나씩 뽑아낸다. 한 마리, 두 마리, 세 마리⋯ 수도 없이 가느다란 실뱀이 뽑혀 나온다. 핀셋을 들고 있는 손이 부들부들 떨린다. 얼마나 많은 실뱀이 몸속에 들어 있는 것일까. 그때 오른쪽 옆구리에서 바람이 빠져나가는 듯 뭔가 쑥 빠져나간다. 거무튀튀한 커다란 뱀이다. 내가 소스라치게 놀라며 번쩍 눈을 뜬다.

꿈이다. 침대에서 벌떡 일어나 삼 단짜리 서랍장에 부착된 거울에 얼굴을 비춰본다. 납덩어리처럼 차갑게 굳은 표정에 언뜻 죽음의 검은 그림자가 어른거리는 듯해 보인다. 얼른 윗옷을 벗고 브래지어 후크를 끄르곤 옆구리를 쭉 훑어본다. 기이하게도 꿈속에서 본 커다란 뱀이 빠져나간 그 부위가 그을린 바둑알 모양으로 그대로 흉터로 남아 있다. 나는 애써 불길한 생각을 떨쳐보려고 고개를 내저으며 꿈은 꿈일 뿐이라고 혼자 중얼거린다. 요즘 신경이 너무 예민해진 탓에 눈에 보이는 모든 것들이 온전치 않게 보일 수도 있다. 나는 그렇게 나를 위로하며 벗었던 옷을 다시 주섬주섬 챙겨 입었다.

창가로 가 보랏빛 커튼을 한쪽으로 젖히자 그토록 퍼부어대던 폭우가 멈춰 있었다. 이곳 호텔로 들어오기 몇 시간 전 폭우가 쏟아지는 거리를 랜트한 승용차로 질주해보았다. 와이퍼를 3단으로 고정하고 가속페달을 깊숙이 밟자 속도계가 확 올라가면서 차바퀴가 빗물에 끼익 미끄러졌다. 카 오디오에선 내가 즐겨 듣던 비틀즈의 'Let It Be' 노래가 흘러나왔다. 하지만 그 노래가 제대로 귀에 들려오지 않았다. 나는 여전히 죽음에 대한 공포에서 벗어나지 못한 채 두려움에 떨고 있었다. 빗속 거리에는 복제된 또 다른 나의 존재가 돌아다니고 있는 듯했다. 그래서 조금 전 불길한 꿈을 꾸었는지도 모른다.

병원 침상에 누워 이어폰을 꽂은 채 남편의 휴대폰에 저장된 조지 윈스턴의 Thanks giving을 들어본다. 아름다운 피아노 선율이 가슴을 아프게 하고 있다. 남편은 아직도 이 곡을 기억하고 있었단 말인가. 나는 홑이불을 눈 아래까지 바투 끌어당긴다. 더는 흘릴 눈물이 없다고 생각했는데 또 눈물이 흘러나온다. 남편은 내가 덮고 있는 홑이불을 들추곤 이윽고 붉은 장미 백 송이를 쑥 내민다.

"아직도 나는 당신을 많이 사랑해!"

꽃다발을 보자 그가 청혼할 때가 떠오른다. 그때는 정말 과거를 깨끗이 잊고 새로운 마음으로 새로운 삶을 살아갈 수 있다고 믿었다. 그러나 결혼은 또 다른 덫에 불과했다. 막상 남편을 따라 제주도로 내려와 살게 되자 외로움과 고독은 더욱 나를 우울하게 만들었다. 사방으로 둘러싸인 푸른 바다는 언제나 내 안에서 흐르는 눈물 같았고, 천혜의 아름다운 자연에서 불어오는 바람은 저절로 지난 추억을 떠올리게 했다. 나의 이러한 행동이 눈에 거슬렸는지 하루는 술에 잔뜩 취한 남편이 느닷없이 K의 말을 꺼냈다. 아직도 죽은 자를 잊지 못하고 있느냐고. 순간 깊은 상처를 받은 나는 남편으로부터 멀리 달아나고 싶어졌다. 그러면서 소설을 쓰게 되었다. 내 공간에 갇혀 오로지 소설에 집중하다 보면 현실을 망각할 수가 있어서 무엇보다 좋았다.

손끝으로 꽃잎 한 장 한 장의 촉감을 느껴본다. 비록 며칠 후면 시들시들해지고 말 꽃이지만 그래도 아름다운 꽃은 내게 많은 추억을 떠올리게 한다.

"당신, 나랑 결혼한 거 후회하지 않았어? 지금 생각해 보면 내가 너무 이기적으로 살았던 것 같아. 늘 나만 생각하고 살았으니까. 미안했어!"

"무슨 소리야! 그동안 내가 당신에게 너무 무관심했지 뭐. 앞으론 정말 잘할 게. 당신이 하고 싶은 거, 원하는 거, 모두 다 해줄 거야. 그런 의미에서 꽃다발을 받치는 거니까 꼭 건강을 되찾아야 해, 알았지! 실은 간호사가 병실에 꽃을 들고 가면 안 된다고 해서 일부러 포장지로 둘둘 말아서 갖고 온 거야."

"정말 고마워! 근데 당신이 나한테 미안할 필요는 전혀 없어. 내가 맨 날 글을 쓴답시고 내 방에만 틀어박혀 언제 한번 당신을 제대로 챙겨주지도 못했잖아. 가정이 소중하다는 것을 그때는 왜 몰랐을까. 몹쓸 병에 걸려서야 그걸 깨달았으니. 나도 참 어리석지 뭐야."

"나도 마찬가지야. 그러니까 이번 위기를 잘 견뎌내야 해. 당신이 다시 건강해져야 앞으로 우리의 인생도 보람되게 살아볼게 아냐!"

그 무렵 할머니 손을 잡고 병실로 들어온 딸아이가 토끼처럼 깡충깡충 뛰면서 침상에 올라와 와락 내 목덜미를 껴안는다.

"엄마, 많이 아파?"

"아니!"

"그런데 왜 병원에 있는 거야?"

"의사 선생님이 좋은 주사를 많이 맞으면 몸이 튼튼해진다고 해서."

"그럼 엄마 주사 다 맞고 집에 올 때 내가 좋아하는 불고기 피자 사와야 해!"

내가 꼭 그러겠다고 새끼손가락을 걸고 약속하자 딸아이를 마냥 행복한 표정을 짓는다. 그런 아이에게 남편에게 받은 꽃다발을 주려고 하자, 아이는 손을 저으며 그 꽃은 아빠가 엄마한테 선물한 거니까 엄마가 갖고 있으라고 한다. 그 모습을 말없이 지켜보고 있던 시어머니는 고개를 옆으로 돌리곤 손등으로 눈물을 훔쳐낸다. 이윽고 시어머니와 딸아이가 병실 밖으로 나가자 나는 손가방에서 USB를 꺼낸다.

"혹시 내가 깨어나지 못하면 이걸 당신이 갖고 있다가 나중에 책으로 출간해줘."

"무슨 소리야? 왜 그런 쓸데없는 소리를 하고 그래?"

"혹시 몰라서… 요즘은 유서도 미리 쓴다잖아!"

남편은 고통스러운 얼굴로 지그시 두 눈을 감는다. 그 모습에서 불현듯 그 여자의 얼굴이 스치고 지나간다. 늘 마음 한구석 찝찝하게 남아 있던 낯선 여자의 존재. 나는 고개를 살살 내젓는다. 어쩌면 두 사람은 그날 비즈니스 관계로 만났을지도 모른다. 이제 그 기억을 뇌리에서 지워버리리라. 지금 이

순간 내가 누구를 미워하고 원망할 수 있겠는가. 이렇게 숨을 쉬고 있는 그것만으로도 감사하지 않은가. 두 손을 맞잡는다. 하나님이 만약 내게 소생할 기회를 주신다면, 그래서 아름다운 세상을 다시 살아갈 수만 있게 된다면, 그동안 못해본 아내 노릇, 엄마 노릇, 며느리 노릇 잘 하면서 화목한 가정을 꾸려보고 싶어진다. 행복은 멀리 있는 게 아니라 아주 가까운 가족들의 따뜻한 품에 있다는 것을 나는 비로소 뒤늦게야 깨달았다.

속옷을 벗고 가운만 걸친 채 이동 침대로 옮겨 누웠다. 팔에 꽂힌 링거가 흔들릴 때마다 내 몸도 따라서 흔들리고 있다. 남편은 내 손을 꼭 잡으며 연신 괜찮을 거라고, 그러니 아무 걱정하지 말라고 날 위로한다. 나는 두 눈을 이리저리 굴리며 복도를 따라 수술실로 이동하는 동안 그 주위를 두리번거린다. 어디선가 K가 지혜야! 하고 불쑥 나타날 것만 같다. K가 혹시라도 저승사자가 되어 나를 데리러 올지도 모를 일이다. 얼핏 그 생각이 스칠 때 남편의 어두운 얼굴이 날 내려다보고 있다.

"힘내! 당신 곁에는 하나님이 계시잖아. 반드시 그분이 도와주실 거야."

"응 나도 믿어. 근데 만약 내가 잘못되면 당신이 내 책상 서랍 속에 있는 소설자료들을 잘 챙겨서 불에 태워줘. 생명으로 태어나지 못한 씨앗이기에 각별하게 신경 써서 하늘나라로 보내줘!"

"걱정하지 마! 당신 수술은 반드시 성공할 거니까. 그리고 당신은 나중에 더 멋진 소설을 쓸 거야."

잠시 뒤, 수술실 입구로 향하는 자동문이 스르륵 열린다. 그 문 안과 밖이 마치 생과 사의 징검다리처럼 느껴진다. 어디선가 잔잔한 선율이 흘러나오고 있다. 그 감미로운 선율이 마음을 한결 편안하게 해준다. 그 어떤 공포나 두려움을 전혀 느낄 수 없도록. 태아가 엄마의 자궁에 있을 때도 이처럼 아늑하고 편안했을까. 다시 수술실과 곧바로 연결된 또 다른 문이 스르륵 열린다. 수술준비를 마친 다섯 명의 의사들이 나를 기다리고 있다.

천장에 붙은 무영등이 금방이라도 얼굴 위로 떨어질 것만 같다. 벽면에 부착된 CT촬영 필름 속에 하얗게 보이는 종양은 마치 자궁에 들어선 태아처럼 보인다. 의사들은 나를 빙 둘러싸고 있다. 어느 의사가 내 혈관에 마취제를 투입하며 하나, 둘 셋, 하고 숫자를 세어보라고 한다. 점점 희미해져 가는 의식 속에서 플로리다에서 보낸 독자의 편지가 노랑나비처럼 팔랑거린다. 서지혜, 라는 무명작가의 이름을 기억해준 유일한 독자에게 고맙고, 감사하다는 답장의 편지를 꼭 보내드리고 싶어진다. 아아, 이제 잠이 쏟아진다.